人皮面具

陳世迪◎著

人皮面具

作　　者：陳世迪
出 版 者：生智文化事業有限公司
發 行 人：宋宏智
行銷企劃：汪君瑜
責任編輯：范維君
印　　務：許鈞棋
專案行銷：張曜鐘、林欣穎、吳惠娟
登 記 證：局版北市業字第 677 號
地　　址：台北市新生南路三段 88 號 7 樓之 3
電　　話：(02) 2363-5748　　傳真：(02) 2366-0313
讀者服務信箱：service@ycrc.com.tw
網　址：http://www.ycrc.com.tw
郵撥帳號：19735365　　戶名：葉忠賢
印刷：鼎易印刷事業事業股份有限公司
法律顧問：北辰著作權事務所
初版一刷：2005 年 3 月　　新台幣：180 元
ISBN：957-818-709-2

國家圖書館出版品預行編目資料

人皮面具 / 陳世迪著. -- 初版. -- 臺北市：
生智, 2005[民 94]　面；　公分. -- (臺灣
作家系列)　ISBN
957-818-709-2(平裝)
857.7　　93024736

總　經　銷：揚智文化事業股份有限公司
地　　　址：台北市新生南路三段 88 號 5 樓之 6
電　　　話：(02)2366-0309
傳　　　真：(02)2366-0310

前情提要

這是一部講述愛情的小說，一部運用超現實主義手法創作的奇思之作。作品藉由對兩代藝術家叛逆性格、瘋狂激情和怪誕舉動的刻畫，揭示出了人性與社會的嚴重衝突、藝術理想與現實人生的格格不入，表達了作者崇尚心靈自由、追求藝術完美、跨越生活藩籬、摒棄世俗僞善的眞誠願望。小說以深刻犀利的哲學思考和濃抹重彩的語言敘述見長，構思奇詭、內容飽滿。

小說以父子兩個人作爲敘述主體，在轉換人稱的同時將兩種相似又相區別的角度呈現出來，更兼以電影的慣用手法，將敘述貫穿在時常切換的場景中，想像大膽且意趣非凡。

小說主人公「我父親」陳森林（伍木）曾經想當藝術家，他是殯儀館的化妝師，因爲妻子背叛了他，開始製作人皮面具，甚至戴上人皮面具化妝成英俊青年和美麗少女，去過另一種生活。因爲人皮面具，他迷戀少女的皮膚，就像迷戀一種美的誕生；因爲人皮面具，陳森林過上了一種充實而虛空的生活。爲了製作更加完美的人皮面具，陳森林開始從現實生活中殺害美麗的女人，然後剝下她們的皮膚，來製作人皮面具。這種嗜殺的行爲，使他不可自拔，儼然陷進了一種瘋狂的藝術創作中。

英俊青年的「我」（陳B）因爲一次火災，臉部被嚴重灼傷，醜陋無比，不得不戴上父親製作的人皮面具，去過一種虛飾的生活。就是說，我的臉永遠停止了衰老。我迷戀上一個妓女白紅，爲了她不惜借錢贖她出獄。

我結識了失去記憶的青年項英雄，項英雄因爲找不到眞實的自己，開始放縱自己，並四處勾引有夫之婦，最終赤裸裸地橫屍街道。

警察林一據說有同性戀的傾向。這個壓抑自己的青年，他唯一的快樂想法是，他要捉拿剝下人皮的陳森林，從而在警局揚眉吐氣，可是最終卻意外地被搶劫銀行的人開槍打死了。陳森林戴上他的人皮面具，和一個女局長發生了姦情。從而目睹了更多的社會醜陋。陳森林也遇上了妓女珍珠，而珍珠對他產生了感情。

陳森林再一次相遇了他過去的妻子歐陽婉，他決定實行報復，剝下她的皮膚，製作成永遠的人皮面具。於是，他戴上另一副人皮面具，轉換爲一名英俊青年來勾引歐陽婉。歐陽婉漸漸墮進了他的情網中。

在結尾處，父親陳森林因爲幻覺，殺死了珍珠；然後在抹殺了兒子對白紅的愛情之後，他決定報復歐陽婉，然而他發現自己再次品嚐到了愛情的絕望，而這不能不說是一種十分深沉的悲戚。

在萬念俱灰下，陳森林燒毀了所有的人皮面具。

楔子

一九九九年八月四日下午。「我」沒想到警察找上了他。——父親終於出事了。八月四日上午，他從殯儀館的死屍上割下人皮時，被死者的家屬發現了，於是父親畏罪潛逃。現在警察還在通緝他。我想，對於警察來說，對於許多人來說，父親是一個謎，一個怪誕的存在。只有我知道事情的眞相，知道父親故事的內容與細節——人皮面具。是的，是人皮面具。警察並沒有在父親的「美麗」創作室裡搜到人皮面具。在此之前，很少有人進入他的創作室。

我敢說，在人皮面具裡，父親找到了他自己生活的理由，找到他賴以生存的幸福的汁液。的確，一張張人皮面具，存在著另一個世界的秘密——父親的瘋狂與技藝。當然，一切都不得而知。你很難猜測父親是如何製造出一張張精緻奇妙的人皮面具。當然人皮是從殯儀館的死屍上割下來的。相信你能感受到那種恐怖而驚詫的重量——他是如何割下人皮的。你的猜測也許會跨越現實的柵欄。但你無法找到眞實的答案。

眾所周知，父親是殯儀館的化妝師——專門給死者整容、化妝的美容師。無疑這是一個寂寞而遭人忌諱的行當。一直以來我從父親的臉上能讀到一絲絲滄桑的寂寞。人們都忌諱父親身上的晦氣，一種死屍的晦氣。所以每逢親戚或鄰居有什麼喜事，父親一定沒有被邀請的份兒。世俗的陋習成爲阻礙人心交流的絆腳石，也加劇了父親的孤獨感。也許父親註定是一個孤獨者。他的生活彷彿靜如死水。順道一提，我的父親叫陳森林；我一般叫他「伍木」，因爲「森林」是由「五個木」組成。

現在我也不知道父親是什麼時候開始製造人皮面具。我曾經見過他的創作室裡有四張關於母親的人皮面具，分別是〇〇一號、〇一〇號、〇二三號、〇三六號。一直以來父親都爲他的人皮面具編號。我懷疑因爲與母親的離異使父親踏上了創作人皮面具的道路——他一開始是懷揣著他生命裡的全部感情積蓄，試圖把母親的臉「拷貝」下來，這種「拷貝」可以讓他永遠佔有母親的美麗。現在我可以想像他一遍遍撫摸著母親的人皮面具，他在內心咀嚼著一種痛苦的溫暖與幸福。誰都知道母親背叛了他。她跟一個有婦之夫（一個所謂的商人）私通，後來義無反顧地改嫁給他（據說商人的妻子因爲他的婚外情而服安眠藥自殺了）。

對於父親來說，他的愛情與婚姻最終是一場自欺的謊言，一種永遠心痛的自虐。我想那時候父親的內心肯定充滿了騷動、不安與屈辱，他肯定憎恨這座輕佻、淫蕩和虛偽的城市。於是他內心烙下了痼疾和頑敵——對母親的怨恨、懷念和愛。是的，世界很醜，城市很髒，愛容易被玷污。父親遭遇了離婚，遭遇了一個女人的背叛。——於是他馱著人皮面具的快馬，呼嘯著他的狂野，點燃了另一種激情的生命。或者可以說，他的孤獨化爲一種藝術——另一個制高點和另一種幸福的誕生，在他手裡成爲緊攥的白日夢。

1 伍木

一九九九年一月八日下午。K市流花賓館。

伍木還是感到窘迫的空氣一點點地在他身上爬著。肉體飄著芳香。情慾的大門打開了。女人很自然地邊脫衣服邊注視著他。她的眼神像閃電一樣侵入他的身體。那是放縱的眼神。一瞬間他覺得女人彷彿要脫下他的孤獨。伍木知道自己最近越來越害怕孤獨。儘管他知道生活的胴體無非是百分之一的熱鬧，百分之九十九的孤獨。呼吸著肉慾的溫馨，他聽到自己的心跳加劇。他看見女人赤裸裸的身子閃著奇異的白光。他被這種白光震住了。那是多麼完美的肌膚。女人盯著他，她似乎覺察到他的窘迫。她說：「怎麼不脫衣服，你不喜歡我嗎？」她的聲音浮著一種甜膩的親熱。他說：「我很喜歡妳。」她笑了。淺淺的笑。她走了過去。有一種妖嬈向他衝來，他感到孤獨在他身邊漸漸地潰爛起來。他沉浸在一種無形的熱鬧中。肉慾的熱鬧。

他開始撫摸起女人嬌嫩的臉。多麼完美的一張臉。當然他的人皮面具可以跟它相比。他的內心泛著快感的漣漪。在他看來，肉體是一種符號，而皮膚才是生命的象徵。有著完美肌膚的女人才有味道。然後他的手向下遊動。柔軟光滑的感覺，像雪、像綢緞、像……呵，什麼都不像，就是完美無瑕的皮膚。他的手在顫抖中捕捉著難以言喻的激動。此刻他感到世界就是一張完美無瑕的人皮。一直以來他都是從殯儀館的死屍上割下人皮，現在面對活生生的完美的肌膚，他簡直愛不釋手。他是多麼想把她的皮膚剝下來，永遠佔有——然後一張張新穎精緻的人皮面具在他手裡閃著優美的光芒。世界上有誰深曉這種快樂的存在呵！創作出一張精緻完美的人皮面具是一種華麗的冒險，或者你可以說那是你沉湎人生的一種高度。他不敢想下去了。他知道這種妄想是致命的——要佔有這麼好的皮膚，只有毀滅她的生命。於是他渴望情慾能代替他的妄想。

這時女人又說：「我幫你脫衣服吧。」女人的聲音充滿溫柔。兩隻白兔一樣的乳房瞪著兩顆大大的紅眼睛。豐滿的肉體近在咫尺，完美的肌膚津津有味，肉慾的氣息無邊無際，強烈的情慾會使道德閉上眼睛。他決定埋葬剛才的妄想，向情慾的戰場走去。然而，一種悲戚突然攫住了他，他感覺到腰間那東西軟綿綿的，他弄不明白此刻它爲什麼偃旗息鼓了。於是他推開女人要幫他脫衣服的手，猛地捏住她的豐乳。他頓時感到一種柔軟的波浪衝擊著他的心扉。於是他很快地把嘴唇探了過去，咻咻地吸了起來。此刻，吮吸是一種快感的抵達，是另一種形式的忘卻與渴望——忘卻妄想，渴望堅挺。有一種聲音突然從他心裡流過：謝了的花叫人傷感，開了的花叫人甜蜜，渴望那種堅挺的愛，我心花怒放。現在他卻謝了。這眞是一個悲哀。如果女人發現這一點，她會不會鄙視他呢？他希望她是那種好女人，好女人讓男人更男人。挺起男人的尊嚴呵！不斷增長的渴望使他的嘴巴加快了步伐。女人在他瘋狂的吮吸下呻吟起來，她緊緊抓住他的肩頭，不時飛出叫聲：「快點，快×× ……」。

突然間，客房的門啷地被推開了。他看見幾個人闖了進來。警察！一張張暴力的臉。合法的闖入者，倒楣者的剋星。彷彿地震來了，此刻他感到整個世界搖晃起來。他聽到身邊的女人哇地尖叫了一聲，好像她看見了魔鬼一樣。然後他感覺到一陣強勁的風向他撲來。警察們的聲音。他們說：「都放老實點，穿上衣服……」

2 我

我曾經告訴你，我現在的面孔不是我眞實的面孔，而是父親的〇三一號人皮面具。許多人都知道，一九九八年八月十五日深夜，一場大火在我們的房子裡熊熊燃起。坦率地說，我是那場火災的製造者。那個深夜恰好停了電，我在煤油燈下看威爾．杜蘭特的《探索的思想》，後來不知什麼時候，疲倦的蟲子爬進了我的腦袋。當我醒來的時候，我發現我躺在這個城市的醫院裡，我的臉包裹著一層層的紗布。這就是說，我的臉被嚴重地燒傷。醫生告訴我們，我的臉很難整治得完好，而且醫療費用驚人。於是我被毀了容。我原本那張英俊的臉變成了一張魔鬼似的臉。

要知道，一張英俊的臉往往是世界的通行證，而一張醜陋猙獰的臉是世界的棄兒。你可以想像我的悲傷。從醫院裡一出來，父親就把一張人皮面具遞給我。那是父親的〇三一號人皮面具，一張與我原本的臉一模一樣的人皮面具。於是難以言喻的悲傷消隱了，我回到了原來英俊的我，儘管那是一種虛假的英俊。

除了父親，沒有人知道我的隱密。我活在隱密中，活在虛假中。這種隱密與虛假告訴我，要盡力掩飾自己，生活的第一責任就是掩飾自己一副虛假而逼眞的面具。於是這種隱密與虛假成爲我眞實生活中不可分割的一部分。

令我感到可笑的是，當我戴上父親的○三一號人皮面具在世界行走時，沒有人會懷疑我的眞實性；當我把我眞實的名字告訴別人時，人們總懷疑我的名字的眞實性。他們會笑著說那是你的筆名吧。或者說：別開玩笑，我可是眞的想知道你的眞名實姓。倘若是年輕漂亮的女孩，她就會扳著臉說，討厭，你怎麼一點正經也沒有！哎，我已經告訴你，我眞實的姓名叫陳B。陳B，眞的是我身分證上的名字。我向你發誓一千遍。我想你現在還存在著狐疑吧。好吧，就讓我戴上一個看上去挺眞實的姓名——陳世迪。現在對我來說：陳世迪，一個虛假的名字面具。陳B，一張眞實的名字之臉。可誰會相信陳B而去懷疑陳世迪呢？你說呢？

在夜深人靜的時候，我會剝下那張人皮面具，注視著鏡子裡我那張眞實而猙獰的臉——光禿的眉骨，一臉紫紅色的疤瘢，一群野獸的舞蹈，一場被燒傷的火災依然痙攣於眼前——它看上去像鬼魂出沒。撫摸它的醜陋與猙獰，我感覺到世界行走在這種可怕的眞實中。有時候我覺得我活在父親創造幻覺般的空間裡，在那裡時間凝滯，它像一隻無形的手把握著我的呼吸。就是說，我的臉永遠停止衰老；我生活在另一種恐懼中。

順便一提，那場大火不只燒毀了我的容貌，也燒毀父親多年來的藏書，更燒毀了父親創作的所有的人皮面具（那時父親已經創作了三○張人皮面具）。你可以想像我的愧疚感。然而父親沒有責怪我一聲。他對我說：「只要我們的腦袋還在，我們就擁有這個世界。」

3 伍木

一九九九年一月八日晚上。

和兒子從城南派出所出來，黑夜已墜入伍木的眼睛裡，他感到一種愧疚感爬在身上。三千元的罰款，他嫖妓的代價。他想不到自己頭一次嫖妓就給公安捉住了。他覺得自己是笨拙而倒楣的。兒子沒有責怪他。他看見兒子的臉是平靜的。他知道兒子對他很好。

兒子突然輕鬆地說：「伍木，你眞帥。」

顯然兒子是想讓他輕鬆起來。他理解兒子的苦心。他摸了摸他的臉，那並不是他眞實的臉，而是他的〇三一號人皮面具，一張年輕英俊的「臉」。他嫖妓前就擔心給公安捉住，所以他戴上了他的人皮面具。他明白，如果單位知道他嫖妓，他可能被開除。單位畢竟是他生存的工具，也是他創作人皮面具的原料供應點。儘管現在許多人都認爲嫖妓已經不是一件可恥的事，再說，他還是一名共產黨員。讓他悲戚的是：嫖妓讓他發現自己陽萎了。「花開了叫人甜蜜，花謝了叫人傷感，渴望那種堅挺的愛，我心花怒放」。兒子經常吟唱的歌曲此刻又迴響在耳邊。這更讓他領受到一種沉重的悲戚，一種抽空的失落感。他很想告訴兒子現在他謝了。

但他卻說：「那三千元的罰款，我會還給你的。」

兒子說：「那是朋友借給我的，你知道我窮得叮噹響。」

他不由得垂下了眼瞼，他覺得欠兒子的債太多了。

他聽到兒子發出一聲嘆息。此刻他不由想起那個有著完美無瑕的肌膚的女人，一個人盡可夫的妓女。一個妓女居然有著那麼好的皮膚。剎那間他希望再一次碰見她。但他又想到，下一次碰見她時，我會不會做出瘋狂的舉動。他禁不住不寒而慄——那剎那間曾經想剝下她完美無瑕的皮膚的念頭。瘋狂的念頭無處不在呵。倘若有那麼一天我被這瘋狂的念頭擊潰了，我會不會淪爲殺人犯呢？一瞬間他彷彿看到自己沐浴在重重的暗影中，那是死亡與血腥的暗影。

4 我

我是父親唯一的兒子。有時候我覺得父親就是我的影子，他對我的瞭解比我有過之而無不及。從某種意義上說，我和父親惺惺相惜。你很難解釋我們父子的感情，那是一種心靈的默契，就像一對龔古爾兄弟❶，一種水乳交融的精神。實事求是地說，父親是一個性情中人，一個畸形的天才。有時我猜想我是得了父親的遺傳基因，而成爲一個孤獨、怪誕而執著的狂妄者。

記得父親說過，孤獨與死亡是很好的兄弟（要知道父親年輕時曾渴望成爲一個偉大的畫家，他

❶龔古爾兄弟，即愛德蒙·德·龔古爾與于勒·德·龔古爾，爲十九世紀法國自然主義文學家。

曾博覽群書，苦鑽藝術，他那妙語連珠常總是提點著我）。無疑父親習慣了孤獨與死亡的氣息。事實上我也習慣了孤獨與死亡的氣息。從小時候起我就習慣了它們。

你們都知道，我父親沒有成為一個偉大的畫家，卻成了一個出色的殯儀館的化妝師。我從小就出入那寄居死者的空間，也就是說，我從小就習慣了死亡的包圍。一個從小時候就經常行走在死者身邊的人，他的童年是自由而大膽的。那時候人們把殯儀館叫作「火葬場」。在那裡，你會看到一具具的屍體在陽光下呼吸著人間最後一縷溫暖，然後被送進俗稱「大煙囪」的焚化室裡。當然他們有的被放進飄逸著木香的棺材裡。但他們都被父親化妝得光彩動人，安詳無比。可以說，父親的手，是重現死亡最後溫暖的鏡子，是化腐朽為神奇的點金術。父親很忙，忙得無暇來照顧我，所以我能一個人在那裡四處走動。說真的，我當時並不害怕死屍，並不害怕我的行走會驚動死者的魂靈。那時父親總是對我說，那些死去的人只不過去了另一個世界，你不用害怕它們，它們永遠睡了。

老實說，父親的忙碌讓我驚異這世界每天都有人死去，那時我不明白為什麼人會死去。也許童真與無知淹沒了我的眼睛，我總看見死者在父親的化妝下，美麗而安詳地去了另一個世界。當你習慣了死亡，死亡便成為一個自然而然的聲音，一滴純粹的孤獨，一段華麗的旅程。或者說，在死亡中行走，你的世界是一種孤獨而深邃的美，一種想像力的飛翔。

就這樣，我的童年在孤獨與死亡中成長。是的，很小的時候，我就知道我活在與眾不同裡：我名字的獨一無二；我生活在天馬行空的想像的空間，一個僅僅屬於自己的孤獨世界……後來父母的離異加劇了我的孤獨感。後來藝術與詩歌、幻覺與想像，更讓我無法抗拒我的孤獨縱橫馳騁。於是我成為一個孤傲而執著的抒情騎手，一個在路上的殉道者。我唯一通往價値意義的道路是成為一個小說家。現在當我耽於我的夢想而不能自拔時，在外表上我窮，我一無所有，但我的精神世界卻富麗堂皇，流光溢彩。我是精神世界的王，我高高在上。我是我的文本。我總覺得在野獸出沒的路上，有無數的奇蹟在等待著我，在豐滿我一生的傳奇。

5 伍木

沒有人可以進入他的美麗創作室。是的，伍木把他的創作室的名字喚作「美麗」。在他的創作室裡，他喜歡把自己脫得赤條條。讓赤裸的身子沐浴在富於彈性的空氣中，伍木會感到一種恣意，一種心靈的自由。你可以看見創作室裡牆壁上掛著兩面對映的落地鏡——從攝影的角度來看，對映的鏡子可以浮現無限數的疊影，世界的奧妙遊刃其中。鏡子。它們就像兩個忠貞的女人陪伴他俯首弄姿的暢快。此刻，赤裸裸的他站在一面鏡子前，他看到晶瑩的鏡子送給一個瘦弱的他，瘦弱的光芒，瘦弱的世界。他想起那個豐滿的妓女。對了，她叫白紅。一道悲哀的亮光閃過，這會兒他看到他腰間下的那根東西還是軟綿綿的，它儼然沉睡了。面對情慾，春暖花開。它卻春眠不覺曉。它讓他喪失了男人的尊嚴。他扭過頭望著另一面鏡子，他看到他的後背和臀部閃著一種白茫茫的光。乳白的光芒。他想自己有著女人一樣的膚色，就像白紅一樣的膚色。他奇怪自己近日老是想著那個叫白紅的妓女。昨日的不幸成了今日的暢想。她的確有著完美的肌膚，世界的美好凝聚在她身上。是的，只有他曾經的妻子歐陽婉可以跟白紅比美。

此刻歐陽婉像閃電一樣映現在他眼前——她完美無瑕的肌膚，她嬌嫩嫵媚的臉，她婀娜豐滿的身材，讓你想到「人面桃花」。他記得離婚時她已經三十歲，但她看上去卻像二十歲。她一點都不像結過婚、已有十歲男孩的女人。呵，歐陽婉，一個天生麗質、妖嬈迷人的天使。在那個時代，他和她的結合也許是一種荒誕、一齣喜劇。他記得她的成分是資本家的狗雜種，她當時在「火葬場」當搬運死者的臨時工，而他卻是赤條條的工人階級的貧苦後代。

他依然記得第一次見到她的那種心跳——對完美的驚歎與戰慄。也許她和他的結合是出於一種無奈，他只是她的臨時避風港，儘管她說過愛他的忠厚、溫柔與勤勞。他曾經認為他的愛情是完美的。然而，愛情的完美不過是完美的偽裝。最終她還是背叛他、侮辱他、拋棄他。

也許他註定是徹底的孤獨者。一個和死者打交道的人。死者的魂靈每天包圍著他。他的現實是黑色的死亡，而不是粉紅色的浪漫。

此刻，那種被傷害的深度又搖晃在他的眼前——一種深邃的傷感的美最先出現在他的臉上。他開始撫摸他那張臉——一張滿是皺紋的臉。他的臉過早衰老了！他才四十五歲，但皺紋卻爬滿他的臉。有一種說法是：皺紋，不斷鋥亮的刀鋒。記刻無形傷害的皺紋，記刻濃濃孤獨的皺紋，記刻思想深度的皺紋。此刻他從他的皺紋裡看到一個眞實的自己。他的手慢慢地向下遊動。他發覺他的軀體的肌膚還是富有光滑的彈性結實的質感。除了一張遍佈傷感的褶皺的臉。

他知道，臉才是世界的面具，一張衰老的臉是男人不幸的存在。他知道自己喜歡在鏡子前俯首弄姿，喜歡凝視鏡子裡的自己，就像一個人窺視著另一個人的隱密一樣。窺視，一種偷窺的注視，一種慾念的搖曳。他與鏡子。光與影。彼此證明的存在。彼此存在的窺視。

現在，他看到鏡子裡出現另一張臉，歐陽婉的臉，那是他最心愛的〇三六號人皮面具。現在他戴上了。

「我成了一個女人，歐陽婉。」他呻吟著。

他感到渾身舒服。於是他擺出一個瑪麗蓮夢露飛揚的裙子那樣的二十世紀最著名的形象。呵，赤裸裸的瑪麗蓮夢露。呵，赤裸裸的歐陽婉。他覺得自己非常性感。一個完美的女人走在快感的路上，應該說，是狂奔。是的，他的心此刻在狂奔。思想的血液洶湧著純潔的慾念。一個完美的女人狂奔在快感的路上。「女人。歐陽婉。女人，女人。歐陽婉。」突然間，他發現一根東西像鋼槍一樣挺立起來——一個完美的女人居然有著堅挺的男人的生殖器！剎那間他回到眞正的現實：我是一個眞正的男人。他弄不明白爲什麼他的生殖器此刻「春暖花開」了。他還是感到一種心花怒放：我挺起了男人的尊嚴。於是他的眼睛忙碌起來，一會兒望著鏡子裡的「歐陽婉」，一會兒望著他的「堅挺的至愛」。於是世界在他雙眼的忙碌中煥發出一種完美的卻令人詭異的光芒。那是最初的完美，最初的詭異。後來他禁不住嘻嘻地笑了。他對著鏡子裡的「歐陽婉」說：「謝謝妳送給我的愛，呵，我眞想操妳，我永遠愛妳。」

6 我

她。不知姓名的她。我僅僅看見過一次的她。她的突然出現使我陡然一驚。我第一眼見到她時，就驚異於她的豔麗——一種驚豔的感覺如影隨形，我無法抑制我的心跳。我很難向你講述她的豔麗。我記得，她穿著一襲黑色的超短裙。她的皮膚是那種乳白的完美。一條修長的美腿。一頭染得金燦燦的長髮。一張如花似玉的瓜子臉。呵，她，一個性感而不羈的夏娃，一個狂野的、明媚的春天。

那是一九九九年一月四日下午。那時我是一間喚作「蕭一藝術影樓」的「隨叫隨到、按時計薪」的臨時攝影師，一個對美有著一見鍾情的偏執者。我的「專職」是寄身於K市江城區向陽新街四巷二〇號的出租屋的自由撰稿人。影樓是我的朋友項英雄開的。她是到蕭一藝術影樓拍個人藝術照的。當我要和她談話的時候，我的傳呼機突然間響了起來。當我打完電話時，我發現她已經不見了。一道喪失家珍的亮光閃過，我急忙衝出影樓。我至今還記得，那個下午我像一個瘋子一樣在大街尋找著她的影子。我甚至感到一種虛無縹緲的感情襲擊著我。我成了她的俘虜。我想我成了埃·薩瓦托《暗溝》的畫家卡斯特爾，那種初次邂逅瑪麗亞的狂熱成了一種永遠的召喚。一種無可名狀的激情。我甚至擔心我成了褚威格（Stefan Zweig, 1881～1942）筆下的激情主人公，不顧一切的瘋子。愛情是盲目的引路人。情慾是恣意的狂想曲。是的，我墜入了情網。情慾抑或愛情的網？不想辨清。多少個夜晚，我枕著她虛幻般的靨臉入眠。我甚至在夢中驟然驚醒，從眼角的餘光裡看見她的雙眸正閃亮在黑暗中。呵，我的赤裸裸，一種自虐的幻想，我能強烈地感到她的存在，我能嗅到她的芳香，我能感覺到她纖纖的手撫摸我身體的每一寸細胞，我能看到她赤裸裸的身體在我的靈魂裡行走。就這樣，我浮在她的肉體的光芒之上，一如既往地，變態地。我決定創作一部小說《色情男女》，來紀念對她的思念與遺忘。我決定把她喚作「白紅」。白紅，令我迷狂而變態、幻想而幸福的白紅。我將創造一個不朽的白紅。

7 我

一九九九年一月八日下午。

我走在新華北路上。我為白紅而迷狂。迷狂是擾亂身心的陣雨。我決定把精力都投入到創作小說的夢幻之傘下。此刻我正為一部講述孤獨、色情與宿命的小說《色情男女》的構思而傷腦筋。

順便一提，向陽新街是這樣的：地上鋪著青石（已經被雨水侵蝕得凸凹不平）。一排古舊的青磚矗立於你的眼前。這些低矮的房屋彷彿讓你浸在懷舊的情懷裡。你便知道：這是一條老巷。走出街口，卻發現外面是一條路面寬闊高樓林立的大街。那是新華北路，K市內最繁華的商業步行街。

突然，一個女子的尖叫聲飛了起來，把我喚回到現實中。我定目一看，一個女子站在我的面前，她右手撫著左肩，顯然我剛才碰撞了她。這是一個面目姣好的女孩，一襲白衣，一襲長黑髮，楚楚動人，像一隻美麗純潔的白蝴蝶。

「對不起，我不是故意的。」

我禁不住一下子窘紅了臉。女孩卻掠過一絲微笑，定定地望著我。來往的路人都好奇地瞟著我倆。我好生窘迫，我想我得趕快離開此地。於是，我邁開步子，想從那女孩身邊走過去。

「你就這麼走呀！」

女孩卻叫了起來。我回過頭來看著她。

我說：「你想怎麼樣？」

她注視著我，咬了一下紅唇，說：「你好狠心呀，拋下我一個人！」

「我好狠心？」我說，「妳這是什麼意思？」

「我好餓，你快點請我吃東西。」女孩卻出乎意料地說。

「這……」我不是一個小氣的人，但我那時恰好沒帶錢包。

「我知道你沒錢，還是我請你吧。」

不容我多想，女孩已拉著我的右手，指著附近一間咖啡廳，說：「我們去喝咖啡吧。」

「哦，好吧。」

我囁嚅地說，心裡卻想：她想幹什麼呢？她不像那種輕浮的女人呀。我只好硬著頭皮，跟著她走了。我是一個身無分文的傢伙，就算被她打劫了，也沒有什麼損失。何況她還是一個纖弱美麗的女子。而且，在我孤獨寂寞的內心深處，我一直渴望一次豔遇或者什麼別的奇遇。

咖啡廳飄著溫柔的輕音樂，倆人坐在一個情侶式座位上。侍者走了過來，她叫了兩杯咖啡。然後，她看著我，溢出癡癡的目光。人往往是井底的蛙兒，愛情的白雲從井口飄過，你自然會浮想起來。難道她對我一見鍾情？我禁不住瞪大眼睛，望著她。彼此對視中，那是一種怎樣的情愫？我的心激動得怦怦直跳。

「我知道你喜歡飲咖啡，不要太甜的，有點苦澀的味道。」

她的眼睛是那樣澄亮和純眞。我不由一怔，她怎麼知道我有這個癖好呢？也許由於沉迷於寫作，我忘卻了許多人和事吧。於是我說：「你以前眞的認識我嗎？」

她甜甜地一笑，卻說：「你還記得嗎，你說要永遠地愛我。」

我更是一震，望著她。她的雙眼依然澄亮、依然純眞，就像沉浸在愛情的夢境之中，她根本不像惡作劇呀。我知道我曾經和不少的女孩交往過，但那是我放縱的時光。自從我戴上了父親的人皮面具，我開始修心養性，孤獨成為我身邊的空氣。我還是有點糊塗，吶吶地說：「我眞的說過嗎？可是我好像不認識妳呀……」

她像沒有聽見似的，含著微笑，說：「你喝咖啡吧，我喜歡你喝咖啡的樣子。」

她純眞的那樣美，我禁不住陶醉了，只好淺淺地呷了一口咖啡。她輕輕地問：「味道怎麼樣？」

我報以一笑，說：「味道好極了。」

你也許會想起一則關於雀巢咖啡的電視廣告，就是這樣的對白。那時，我的確感到一種難以言喻的溫馨。

女孩又說：「答應我，不要離開我！」

我怔怔地望著她，一下子說不出話來……

「小盈，你果然在這裡……」

這時，一個聲音驟然響了起來，劃破了這溫馨的氛圍。一對中年男女奔了過來。男的拉著那女孩的手，說：「小盈，跟爸爸回去。」

「我要跟阿龍在一起！」女孩像一隻可憐的小鳥掙扎著，又望著我說：「阿龍，別離開我……」

那中年婦女堆著一臉抱歉對我說：「對不起，我的女兒……」說著，她的雙眼便悲戚地閃出淚花。這時，一個青年衝了過來，對那中年人說：「爸爸，妹妹又犯病……」

這時，我才恍然大悟，原來這女孩不過是耽於愛情而造成的「精神恍惚」罷了。小盈的父母和哥哥小心地拽著她走出咖啡廳，空氣裡瀰漫著小盈拚命的叫嚷——「阿龍，阿龍……」那聲音有著一種深入你骨髓的淒美，就好像一個溺於水中的美麗女子所發出的哀叫：「救我，救我……」我聽得很清晰，卻呆呆地立在咖啡廳裡。我多麼渴望自己就是阿龍啊！我不知道阿龍是拋棄小盈的偷心者，還是因疾病或意外事故而永別她的情聖？不知怎麼的，我感到我的眼睛有點濕潤潤的。

現在我依然奇怪自己當時爲什麼看不出來小盈是一個精神病患者。也許當時我也精神恍惚吧。身處浮躁的「不談愛情」、「懶得離婚」的城市中的你我，對於至眞至情，心裡多少都會萌出膽怯與困惑；然而，這也無法拒絕你我內心深處伏著「爲愛情燃燒，無比美麗」的火種，只是它默默地伏著、伏著，等待著你我有沒有機會和勇氣點燃罷了。

那個小盈在我心裡烙下了難以磨滅的烙印。現在我深深知道，在本質上，愛情是一種病患，一種自戕，一種生命中最美麗的白日夢。小盈不就是活在她愛的精神的摧殘、迷戀與飛翔中嗎？像玫瑰的綻放與萎靡，像暴雨後一瞬的彩虹，像父親的人皮面具，虛幻的飛翔，眞實的墜落，孤獨的幽香，破碎的激情。這就是我們無法逃脫的愛情模式。

8 我

我預感到，我（或者父親）和林一會有故事發生的。

林一是城北派出所的警察。林一長得精瘦。他總是繃著個臉，陰沉沉的。街上的人曾經說林一是一個非一般的「同志」，有一次捉賭時把一個俊俏的男賭徒非禮了，後來賭徒一狀告到了局裡，儘管林一死活不肯承認，說賭徒是誣告。那個賭徒據說是一個男妓，之後在晚上突然遭遇了車禍，一命嗚呼，此事不了了之。不過林一是一個「同志」的嫌疑就這樣落了下來。

事實上我對現在的一些警察沒有好感。正如人們常說的，現在的一些公檢法是腐敗的部門。當然，一想到警察我會想到一個搖滾歌手唱的：「姑娘姑娘你漂亮漂亮，警察警察你拿著手槍……我不能偷不能搶，我只有一張吱吱嘎嘎的床。」

當然，我知道林一會寫詩。我和林一相識在K市日報社舉辦的「百花園」副刊八〇〇期志慶暨文藝創作研討會上（我是K市日報社的專欄撰稿人）。那時他告訴我，他讀警校的時候開始寫現代詩。我曾經在這個城市的日報上看到他寫過的一首詩歌〈雪夜棲息思念的時刻〉，其中寫道：

雪夜
棲息思念的時刻
我會扳動手指
看生命閃爍雪的光芒
是什麼打開了道路的翅膀
是什麼把晶瑩的春天從黑夜中剝離出來
聽雪花落在我靈魂的花瓣上

一種花蝶共舞的美麗
從呼吸到眺望
繁衍愛情

從貧瘠的土地到復活了的花朵
雪的低語
凝固了時間的形象
把一個人塑成了純潔的思想者
雪夜
棲息思念的時刻
我穿越浮塵
穿越玫瑰與夢的腹地
一瓣雪花的餘暉足以載我到黎明

說眞的，我有點喜歡他這首詩。很多時候，我感覺到林一是一個憂鬱的漫遊者；他一直想逃離現實，進入詩意……如果他眞的是一個同性戀者，那麼憂鬱的慾念繞著他的身子跳躍，他無法進入生活……某個陰暗的角度，或明亮的出口，他可以逃離生活、寫詩、讀哲學著作……當然，他的職業是一個警察。警察生活……甚至是，慾念是一種命運。你必須沿著命運的軌道走下去，因爲你別無選擇。那麼，內心某種陰暗的慾念，壓抑著這個警察，於是邪惡的血液（陰暗？邪惡？也許我用詞不當）遍佈他全身，並覆蓋了詩意……

當然，有時候我對這個瘦弱的傢伙感到一種好奇：他爲什麼頻頻走到我的面前？（在街上碰見我的時候，他總是找藉口和我說話。）是對我感覺到好奇還是另有所圖？還是因爲他在這個城市太過孤獨了？或許林一知道我是搞寫作的，才對我有那麼一點敬意，所以會接近我？當然我討厭花時間浪費在推測未知的事情身上。我不想猜測。對未知的東西，我總是不想猜測（正如我常想：好小說是世間的一個謎，不到最後一刻你不知會把它弄成什麼東東。未知是你的嚮導。或許人生好玩的是，你不知未來一刻會發生什麼。所以我欣賞這句話：「沒有什麼能比生活帶給我的戲更歡樂。」還有一句話：「我每過一天都像吞噬一場白日夢。」）。

有時候我把林一設想成爲一個有露陰癖的男人——兩條腿沐浴在赤裸的空氣中，他在鏡子前看著自己可愛的東西，彷彿聽到世界的心跳聲。一個女人（又或者該說，一個男人？）赤裸著身子從鏡子裡走了出來。然後，那個東西開始慢慢地勃起。他吁著充滿快感的嘴巴忙碌著。彷彿一句詩在跳動著：現在我可以枯萎而進入眞理……（當然我有時候爲這種想法感到羞愧。比如，托馬斯·曼在《魔山》中描寫一個令人厭煩的人物，他總是用老掉牙的含有道德意義的故事困擾人們。那麼，此刻我被道德意義的故事困擾嗎？）

9 我

我曾經有過這樣古怪的想法，不妨描述下：

這是城北派出所的二樓。現在林一臨窗而坐，看著暮色漸漸浸蝕了街道。窗外還有一株大樹，綠葉濃濃。偌大的辦公室只有他一個人。他靠在那張陳舊的椅子上，這張椅子還是死去的老刀坐過的。他記得，那是一次掃黃賭毒的行動中，老刀被毒販開槍射中了額頭，整個腦袋被射開了花，他還記得橫屍街頭的老刀瞪著一雙大眼睛，血流了一地。此刻，行人漸稀，街道顯得平靜。再往遠處望去，他看到環城河漂浮著一大堆的垃圾，河水變得黑濁不堪……現在一切都流走了。現在，他莫名地想起了老刀——老刀。子彈。腦袋開花。血……他抽出了身上佩帶的那支六四手槍，雙手挺莊嚴地拿著它，像射擊一樣往窗外瞄去。他瞄準了在街邊縫紉衣服的老頭。

據說那老頭在這條街上幹了大輩子的縫紉工作。他感覺空氣中有一種塵土的味道，此刻，拿槍的手在顫抖著，他弄不清自己怎麼緊張起來了。此刻他覺得手有些僵硬起來。當然，他知道自己不會射殺那個老頭，他只是想去瞄準一個人而已。他突然浮起了陳森林的臉——那張充滿皺紋的臉，疊印在此刻這個縫紉衣服的老頭上。為什麼此刻陳森林會走入我的視線中？陳森林，一個從死屍身上剝下人皮的傢伙，一個謎一樣存在的人。他咬了咬牙齒，意識到自己的腦袋有些恍惚。彷彿暮色模糊了視線，他突然覺得眼睛有些酸澀。他弄不清爲什麼會這樣。他很快地垂下了手臂。他的雙手依然抓緊手槍，槍口對著地下。一陣喘息聲散發出來，這是他的喘息聲，他愣了愣，看到自己的手掌上冒出了汗液。現在他凝視著雙手，手上的汗液，手槍。手掌，手上的汗液，手槍……手掌，手上的汗液，手槍……手掌，手上的汗液，手槍……他就這樣僵住了。是的，每次凝視著手中的六四手槍，他想像自己總有一天會射殺一個人。對他來說，這就像一種潛伏已久的欲望，他渴望射殺一個人。事實上，他從警校畢業分配到城北派出所，還沒有開過一槍。他已經在這裡待了三年。想到這一點，他覺得他的警察生活存在著一種缺陷。「我從沒有開過一槍。」他終於輕輕地說了一句。聲音散發出來，他覺得他的腦袋裡注滿了開槍的念頭：我從沒有開過一槍。我從沒有開過一槍。

10 我

項英雄（寄居在建設街的一個出租屋。我說過，建設街是有名的「花街柳巷」。白紅就是寄住在這裡），一次車禍奪走了他的記憶，他現在只有零碎的記憶。這就是說，項英雄是一個失去記憶的人，一個沒有身分的人，甚至沒有自己的名字。在此之前，一個黎明，準確地說，一九九八年十一月十一日的黎明，他醒了過來，發現自己躺在馬路邊，不遠處躺著一輛摔翻的摩托車，更令他驚訝的是，他身上並沒有什麼傷痕，然而他無法清晰地記起以前的東西，他甚至記不起自己的名字。可以說，他喪失了記憶。他隱約記得，那個午夜，他是從一個酒吧出來的（他無法記得那個酒吧叫什麼名字）。他還記得一個女人的笑靨……他發現自己對以往一無所知。他喪失了記憶。現在，對於過去，他只有零散的記憶。這是一個悲劇嗎？你很難想像到一個失去記憶的人會做些什麼。他曾經試圖憑藉那輛摩托車，找到屬於自己的眞正身分。然而，他得到的答案——那是一輛遭竊已久的摩托車，車主的身分是一個四十多歲的商人。項英雄一直奇怪，如果說他騎的是那輛失車，那麼，他以前可能是一個偷竊犯。如果他是被別人用這輛摩托車撞倒的話，那麼他眞的成了一個無辜者。還有一點令他奇怪的是，他到醫院檢查，醫生居然說他的大腦沒有什麼事。至於爲什麼會喪失記憶，醫生也難以測斷。這就是說，他莫名其妙地喪失了記憶。現在，項英雄成了一個沒有故鄉、沒有身分證、沒有記憶的人。

他很難找到工作，因爲他沒有身分證。直到有一天，項英雄突然發現自己身上潛伏的一種本領：他巧妙的扒竊本領。那是一個黃昏，在車輛堵塞的路上，項英雄已經身無分文。他一整天都沒有吃過一點東西，他肚子餓得哇哇叫。他突然看到前面的人的褲兜裡露出一個鼓鼓的錢包，於是他的手不由自主地伸了過去。那一刻，他發覺自己掏錢包的手勢很熟練，就像一個職業扒手。那天，他扒了一個內有四百多元的錢包。也就是從那天起，他喚起了一種謀生的技能：扒錢包。他不知道自己以前是不是一個扒錢包的慣竊。但他發現自己扒錢包的本事越來越讓他驚訝，那簡直到了妙手的境地。他覺得在這方面他簡直是一個神偷。

「我成了一個神偷，但我還是找不到自己。」這一點，令項英雄感到苦悶。他整天在街上晃來晃去。除了選擇一些可以下手的物件。他更希望自己能碰上一個認識他的人。這樣，他或許能知道自己的過去。然而，四個月過去了，他居然沒有遇見一個以前的朋友。他在這個偌大的城市，成了一個完全被人忘記的人。在那些日子，他覺得自己活在黑暗中，活在被世界遺忘的角落裡。他只能整天在街上晃來晃去。

直到有一天中午，他在一間餐廳上認識了一個叫陳B的傢伙。那時候，他正在餐廳裡吃午飯。他鄰桌有一個小白臉在買單時，突然發現自己沒有帶錢包。小白臉的雙眼窘住了，他環視四周，突然衝著項英雄說，「你在這裡呀。」項英雄禁不住一陣哆嗦。他站了起來，興奮地說：「你認識我？」那小白臉說：「當然……」項英雄說，「你沒有錢買單，我幫你付吧！」小白臉說：「眞不好意思，我忘記帶錢包了。」項英雄說：「別客氣，咱們是朋友呀。對了，坐過來，我有話和你說……」於是，他認識了這個叫陳B的小白臉。事實上，他有些驚訝於陳B的臉色蒼白，覺得他像一個有病的人。當然，他外表英俊。

「你叫項英雄。」那時候陳B用一種肯定的語氣告訴他。直到那天，他才知道自己的名字叫項英雄。然而，陳B說其實跟他不是很熟悉。他記得項英雄以前是幹推銷這一行的。他曾經到過他家附近推銷過刀片、鐘錶之類的小商品。那天，他買了一個小鬧鐘。可是過了幾天卻壞了。於是過了幾天他再遇到項英雄，然後兩人爭吵起來。後來，陳B記住了他。

11 我

現在我不妨說，白紅寄住在城北建設街一個出租樓裡。建設街是著名的髮廊街，鱗次櫛比的髮廊令人想起「花街柳巷」這個詞。當然，現在我們習慣了這一種現實。就像你在城市的每個角落都看見像牛皮癬一樣的醫治各種性病的專科廣告。令我驚訝的是，白紅的小屋異常潔淨，連地板都擦得明光鋥亮，甚至連通道也如此。後來白紅告訴我，擦地板是她排遣煩惱的一種方式。我記得第一次去白紅的住處時，一件粉紅色的睡衣在走廊通道裡輕輕飄蕩，讓我感到一種肉慾的溫暖。準確地說，那時我覺得白紅就是一面肉慾的旗幟。你想一想，我是多麼鄙卑（坐檯小姐常常將卑鄙倒過來說，形容男人的胡思亂想）的色情者。

另外我還得說，建設街前後很多的小巷裡，住著許多來自天南地北的女孩子，她們像墮落的天使一樣寄身在那裡。白紅住的是一幢五層的出租樓，她住在第五樓裡。她說，每天看見樓下來來往往的人，便覺得自己彷彿是世界的中心。沙特說過：「人應該從高處看。」白紅就是有這方面智慧的人。

更令我驚詫的是，她屋子裡的印刷畫。十四幅印刷畫。十三個馬克思人頭肖像。一個風情萬種的瑪麗蓮．夢露。這是白紅的出租屋的牆上呈現的怪誕的風景畫。一個小小的房子，一個坐檯小姐的閨房，居然出現了十三個馬克思。這顯得有點滑稽、可笑，甚至離奇、不真實。我感到白紅的血液似乎跟我一樣，跟我父親一樣，充滿了怪誕。

馬克思，瑪麗蓮．夢露，兩個偉大的異性。讓這兩個偉大的異性邂逅，那是多麼完美的創造。也許是一種理想的誕生。你能尋找出什麼意義呢？「日出而息，日落而作」是白紅的生活方式。但我覺得滿屋子貼著馬克思的肖像畫，有一種挺壓抑的感覺。那時我把這個想法說出來。白紅則嘻嘻地笑了起來，她說：「那是你心虛。」馬克思是資產階級的掘墓人，也是世界智慧的鏡子，他讓人心悅神愉呢。我說：「瑪麗蓮．夢露才讓人心悅神愉呢。」白紅說：「瑪麗蓮．夢露是女人的驕傲，也是女人的象徵。」白紅告訴我：「他們代表著紅與白，馬克思是紅色的暴力者，瑪麗蓮．夢露是白色的色情者。他們都是精神世界的革命者。」我說：「十三個馬克思是不是多了一些？」白紅則說：「你不覺得馬克思就是安全、就是力量嗎？——馬克思，是金錢買不到的。馬克思永遠不會背叛你。我希望馬克思永遠包圍我的生活……。」咳，我眞是被她的高論唬住了：她說得多麼意味深長啊！

白紅還告訴我，她從我的眼睛看到她的影子，她說喜歡我，那是喜歡，不是愛情。我們之間沒有愛情。白紅還說，她喜歡和男人做愛，但只和有品味、有魅力的男人做愛（這就是說，我是一個有品味、有魅力的男人嗎？）她覺得我身上有一種莫名的力量吸引了她，所以她賜愛給我。

第一次去白紅的住處時，我還認識了住在她隔壁的小菲和香姐。小菲也是坐檯小姐，而香姐則是媽咪。她們都好奇地瞪著我，似乎覺得白紅把我帶回來是一件出奇的事。我裝著無所謂的樣子，把照相機掏出來便啪啪地拍著屋內的馬克思，我對白紅說：「把它們拍下來，讓你留作永遠的紀念。」小菲和香姐知道我是攝影高手，便要我替她們拍一個全家福。現在我手頭上還保留著一疊關於她們三個女人擁在一起的嘻嘻哈哈的照片。每次翻看著它們時，我難免浮想連篇。人生是一部奇妙的電影，完全陌生的影像走在一起，然後發生了深刻的關係或者不簡單的故事。那些光與影卻覆蓋了你。你永遠定格在你的唏噓與遺憾、浪漫與激情中。

白紅對我說：「一般人對她投來的目光有三種：色瞇瞇的、鄙視的和漠然的。」她第一次見到我時，便發現我色瞇瞇的目光，只不過色瞇瞇的目光中還閃著一種藝術的火花，還不讓她噁心。於是我問她幹嘛要跟我交往。她說：「大概跟我有點緣份吧！」那時她剛好和夜總會的一個歌手分手了，歌手長得憂鬱而帥氣，但他突然不辭而別，無影無蹤。令她感到茫茫然，像喪失人間的珍寶。而最令她傷心的是，那時她已經懷孕三個月了。於是在小菲和香姐的竭力勸說下，她到醫院做了人流（墮胎）。她還說，有時夢見赤裸裸的嬰兒在空中飄呀飄呀，一下子變成了鬍落絭絭、滿臉通紅的馬克思。

12 我

一九九九年二月七日。我和白紅。

在微薄的光線中，我看到她的瓜子臉有一種新奇的美，一種儼然處女的美。那時她怔怔地注視著我，彷彿我是世界上唯一的存在。對這個情景我記憶猶新，難以忘卻。我是多麼激動，因爲她的表情，那時她眞像一個陶醉在夢境裡的女孩，甜甜的、清純的。一種浪漫的氣氛悄然而至。我握著她的手，她的手潤滑如玉，柔若無骨。然後我把她摟在懷裡，她把臉貼著我的胸膛，我能感受她吹氣如蘭的呼吸。夜是那麼靜，這種靜含著一種純粹。用一個詩人的話來說，一種純粹的聲音瀰漫出寂靜，那是我們彼此的呼吸與心跳。我們久久地立著、摟著。溫柔淹沒了我們。像古典音樂。

後來我們聽到嘭叭嘭叭的響聲，隨之看到窗外的天空不停地綻放出五顏六色的煙花。突然而至的煙花給我們的擁抱染上了一種絢麗的光芒。我知道那是K市市政府爲紀念K市建市十周年而放的煙花。我們相擁在窗前。一種喜悅緊緊地包裹著我們。呵，煙花，以繽紛的舞蹈，駛過我們驚喜的眼睛，一種優美的凋謝。

「我們比煙花寂寞。」白紅突然輕呻著。

我猛地感到她的聲音飄逸著一種寂寞的輕——在夜空，在更深更廣的黑暗，煙花是一瞬的絢爛者，更是比輕還輕的寂寞者。而我們，在熱鬧喧囂的人間，是比煙花更輕更寂寞的腐蝕者，在情慾的花園悲婉地閃爍——然後我把她摟在懷裡，就像摟著自己的一顆心一樣，溫暖而充實。坦率地說，我能感受到她內心的激動。一種鮮花盛開的姿勢。我想我眞的愛上她了，我多麼希望我能永遠地吮吸她內心的寂寞，吮吸她生命中無法承受的輕。一種異樣的感情襲擊了我，我感覺到我的眼眶有點發熱，一行熱淚奪眶而出。天啊，我驚異於我居然流下了無聲的眼淚。

「你哭了。」她發覺我的眼淚，她的聲音溢出一種顫抖的激動，然後她緊緊地擁抱著我，就像怕我飄逸而去。

「我們做愛吧。」最後她說。那一刻，我看到情慾的影子、羅曼蒂克的靈魂向我們走了過來。我知道，意味深長的場景要拉開了。啊，富於彈性的空氣，恬不知恥的吮吸，靈魂出竅的呻吟……也許只有做愛才能代替我們的夢想，代替我們內心那種眞實的純潔的激情……

現在回想起來，我不知不覺演釋了一個夢幻般的傷感的角色。我和白紅都黏在情慾的網上，我們都是美麗的蜘蛛。當然有一種有毒的蜘蛛吐出的情絲是五彩繽紛的。毒蜘蛛。是的，我們都是美麗的毒蜘蛛——怪誕而不合時宜，有趣而想入非非，幻想而搖晃不定。現在我明白，醜的現實和幻想難以融爲一體，愛情的完美只是完美的幻想。

13 伍木

一九九九年二月八日（也許具體的時間讓人更不具體）。

「你總是讓我感到快樂。」

女人的聲音充滿淫蕩，那是她本性率眞的呈現。這個打滾官場的女人，她才三十四歲，卻成了這個城市某重要部門的局長。一個舉足輕重的女局長。她是他的情人。準確地說，她是他的〇三三號人皮面具的情人。此刻，他戴著他的〇三三號人皮面具，他看上去英俊、瀟灑而剛毅，一個二十六歲左右的帥哥。

這是他們尋歡作樂的場景──一所位於郊區的豪華別墅。他的情人是富於手腕的。他不想猜測這座豪華別墅花費了多少民脂民膏，因爲現在貪污受賄已經成了一種流行性疾病，一種高不可攀的時尙。重要的是，他從這個女局長的身上尋到一種放縱的滿足，尋找到一種對他人皮面具的認可。他們相識已達一個月了，她一點也沒有發現他眞實的臉孔。眞實永遠隱藏在一種深深的掩飾中。正如女局長總以一副爲民請命的清官模樣出現在這座城市的公共場合，而她的骨子裡卻流滿了無恥、卑鄙的血液。有時候他不明白自己爲什麼要跟這樣的女人混在一起。事實上是他先誘惑了她，她只不過是他人皮面具的試驗品。當然他認爲，在她的眼中，他只不過是她性慾的工具。有時候他覺得在她面前他像一個男妓。當然，對伍木來說，這並不是眞實的，那只是他的〇三三號人皮面具在表演。

他實在驚詫她的放縱、淫賤與無恥。她總是那麼不滿足，彷彿與生俱來的性饑渴，抑或她渴望性愛能磨平她在官場上的勾心鬥角所帶來的焦灼與倦怠。她喜歡的方式是口交。她總是對他說：「親愛的，快點舔我的寶貝，哦，使勁地舔。」或者說：「我還想舔你的命根。哦，味道好極了！」當然，在他和她做愛的時候，她喜歡變換花樣。有時她甚至喜歡他向她赤條條的身上撒尿。那時候，一種恣意的快樂在她身上綻放。另外，在做愛的時候，她總喜歡播放搖滾音樂，特別是那首U2樂隊演唱的〈我走在佈滿金子的大街上〉。那時候她興奮異常，快活無比。他忍受她的瘋狂與淫賤。

從某種角度來說，他會感到這種性愛的恣意與不羈，儘管她的寶貝總是溢著一種腥臭。她老是說，她厭惡官場、厭惡勾心鬥角，她說只要你遵守政治的遊戲規則，你會在官場上遊刃有餘，如魚得水。她還說，她遲早會打敗她的政敵，成爲堂堂正正的女市長，眞正地佔有這座城市。

她的憂鬱、她的喜悅、她的呼吸，他都不放在心上。他只關心他的人皮面具的成功——它征服了一個精明狡黠的女野心家。

事實上他鄙視她，她不過是一具政治上的行屍，一具腐化了的走肉。她永遠不懂得藝術的眞諦與生活的美好。她的人生境界連一個娼妓也比不上。

但他還是和她做愛。一種比放縱還放縱的語言。

他知道她的皮膚有著太多的人工漂白成份。她不是天生麗質，她是化妝品的木乃伊。他從來不會從她的手上拿過一點好處。他拒絕她送給他的東西，如鈔票、名車、名錶等等。他覺得她的東西都是髒的，他忍受她的髒是爲了他的人皮面具的試驗與成功。她自以爲他在愛她，她耽於她自臆的幸福、狂熱與激情中。——因爲他的與眾不同，因爲許多人接近她就是爲了向她索取好處，因爲他與她的做愛總是一如既往地充滿激情。

「我只有你這麼一個情人。我的丈夫總是說我像一塊木頭，只有和你在一起我才像一個女人，才有放縱、快樂的時光……哦，有時我懷疑自己不是自己，只有和你在一起我才相信自己，我還是一個人，一個女人，一個懂得做愛的女人，一個充滿激情的女人……哦，這才是眞正的活著，眞正的做愛，眞正的……」

女人又在他耳邊喃喃自語。像一個白日夢幻者在囈語。一種貼近靈魂的囈語。他是多麼鄙視她，甚至憎恨她，但在這一刻他又覺得她多麼可憐、多麼親切。他心中突然萌發了另一種感情：她和他一樣的可憐，一樣的孤獨，一樣的無所適從。就在這一瞬間，他興奮地、強烈地擁抱住她。他終於明白自己爲什麼能和她熱烈地做愛，是因爲他和她都渴望眞正的活著、眞正的做愛、眞正的……儘管他和她永遠是陌路的。

於是，一種迸濺的激情來了。做愛的語言。隨心所欲的姿勢奔湧著。竄躍的呻吟，高落差的瀑布。你知道不斷運動的銳利、眞實……

14 我

在我遇到項英雄前，他一直用普通話跟人交流。你知道，這是一個說K市口語的城市。憑他說K市口語的口音，我覺得項英雄像K市某個鄉鎮的人。可是，他說的普通話流利得很，令我一時難以判斷他到底是那裡的人。他說過，他覺得說K市口語很困難。他似乎對K市口語有一種抗拒感。當然，他很少跟人談話。因爲在這個世界上，他沒有記憶，沒有認識的朋友。

直到他遇到了我，他開始了交談。事實上，我從前沒有看見過項英雄。坦率地說，那天在餐廳，當我發現自己沒有帶錢包時，我試圖在餐廳找到一個熟悉的人。我一開始以爲項英雄背後那個女人是我的一個朋友。事實上我情急之下看錯了。但我沒有想到項英雄會站起來說話。於是我將錯就錯。至少我可以混過這難堪的一關。但我沒有想到，他是一個喪失記憶的人。這就是說，他試圖想依靠我進入他的過去。那時，我沒有選擇的餘地，我只好說，他叫項英雄。我不知道自己爲什麼給他起了這麼一個名字。這個名字就像刀鋒一樣切入了我的神經。是的，我編造了某些「項英雄的記憶」——他是一個賣小商品的推銷員。你或許覺得他身上有一種戲劇性——從這個人的身上，彷彿看到了某種荒謬感。

從那天起，項英雄開始和我交往起來。他隔三岔五地來找我，我能感受到他的孤獨。我沒有想到，項英雄會坦然告訴我關於他的一切——他失去記憶，他現在靠扒錢包產生，可是，我卻欺騙他。事實上，項英雄即使遇到我，他也無法弄清他的過去，儘管我編造了一個他賣小商品的過去。他不只一次地說：「我眞的是一個推銷員？那時我只好說，也許我認錯人了，也許我根本就不認識你……我試圖用這樣的言辭來掩飾自己內心的愧疚。我能體驗到項英雄的痛苦，畢竟他一直想找到他的過去、他眞正的身分。

然而，我和項英雄卻交往起來。我和一個沒有記憶的扒手交往起來。直到一個月後，項英雄來找我。在我的出租屋裡，我告訴他，事實上我不認識他。我把眞相告訴了他——那時我騙了他。項英雄卻說：「其實我應該感謝你。你給了我一個名字。至少現在我有了一個名字。」那時他笑了笑。他告訴我，事實上他直覺到我在說謊，他之所以不想撕開我的謊語，是因爲他還想有一個朋友。他不想喪失我這樣的一個朋友。

朋友？項英雄想找我當他的朋友？那時，我盯著項英雄的眼睛。他說話的時候，嘴角總是牽出一絲無奈的笑容，眼睛裡有一種異樣的孤獨感。我突然有一種同病相憐的感覺。畢竟，我是一個帶著人皮面具的人，我也無法找到眞實的我。我甚至從他的眼睛裡看到我父親的影子。是的，項英雄總讓我想到父親。或許記憶中，父親就像鱗狀皮疹（甚至是尖銳失疣、梅毒之類的性病）一樣，讓我看到了皮膚表層下面的可怕一面：在每個命運的拐角，你試圖拿著剃鬚刀劃開自己身上的惡瘡，血膿橫流，你看見了噁心……甚至是一種潛伏的殺人欲望，如影隨形：你迷狂得像瘋子一樣拿刀捅人。

現在，項英雄的影子落到我的身上，在記憶裡，我的影子比他的影子要高得多。那是陰影。成長的陰影。我們在陰影裡長大，在記憶的傷口裡長大。你能說擁有記憶就是一件幸福的事嗎？即使有一天，項英雄找到了記憶的缺口，他能幸福嗎？也許忘記過去，是一種快樂。有的時候，我甚至羨慕項英雄能喪失記憶。這使我想起《東邪西毒》裡說的那種叫「醉生夢死」的酒——忘掉過去也許是一種幸福……現在，低吟者陳B不過是想忘記他的過去：火災、白紅、人皮面具、喜歡剝下人皮的父親、通姦的母親……所有這一切都記憶猶新，但記憶卻使他陷於某種瘋狂的邊緣，使他學會了掩飾。

誰偷走了項英雄的記憶？誰篡奪了我的面目？那是秘密的接觸。那是出血的齒齦。那是謎一樣的存在。那是齒輪一樣的迷惘。那是我們無法裸露的一切。當你的神經末梢都被刺激得興奮起來，你會覺得自己不過是陷進了一個人的揣測中。這意味著，一切無法從頭開始。

15 伍木

那一刻他震住了：「我殺死了她。我是錯手殺死她嗎？」

他恍惚記得，她是他第一個帶到別墅的女人，準確地說，是一個三陪女郎、花季少女。他們是在夜總會遇上的。當然，那時他戴著〇三三號人皮面具。他實在是太無聊了，他破天荒地把這個女人帶到了女局長的別墅裡（儘管他知道女局長出差了）。或許是她那象牙般的玉體迷惑了他。他無法停止那種繼續撫摸她的感覺。於是，在午夜來臨之際，他買了她的鐘點。

是的，他很想徹夜撫摸她。他意識到，他無法停止對女人的皮膚的迷戀——人皮面具的陰影還在他內心深處演算著他的命運。

一個陌生的茶花女，一個貪婪庸俗的女人，可是她有潔白無瑕的皮膚。當她看見女局長那豪華的別墅時，她驚歎了，她想他長期包下她，她想長期服侍他。

他鄙視她，他僅僅是爲她的皮膚而快樂。你無法感覺到他撫摸她那皮膚的快感，他好久沒有觸摸這樣富有彈性而光滑的皮膚了。他愛不釋手。女人盡力地迎合他，她想取悅他。在此之前他喝了不少紅酒。有點昏暈，但依然清醒。面對赤條條地躺著的她，他的手帶著藝術的質感而審閱著她的皮膚。他的手一遍遍地在她身上遊動。或許她覺得他是溫柔的，不像一般的嫖客那樣粗野而直接。她躺著，瞇著眼，任他撫摸。

然而，他沒有想到，他長久的撫摸，使她勃起了性慾，她開始呻吟，開始用纖細的手掌撫摸他。那種滑動，像月光融進他的皮膚。她的撫摸讓他感到某種難以言喻的快樂。他感覺到她的皮膚移植到他的身上，這美妙的感覺迷醉了他：他的血液充脹，越發暈眩。他徹底迷醉了。更嚴重的是，他喪失了原則——他絕不能讓女人撫摸他的臉，迷醉讓他忘卻了臉上的人皮面具。

有那麼一刻，女人忽然尖叫起來。不知怎麼地，他臉上的人皮面具被她撫摸下來了。他也一下子駭住了。急忙抓住她的手，他只想她不要尖叫。她彷彿碰上了魔鬼。然後她一下子跳下了床，她兩條腿彷彿成爲四條腿。他不由自主地撲了過去。赤條條的她就像驚弓之鳥。她奪路而逃。他追趕著。

空氣裡充滿驚悚的味道。黑暗中的追逐。偌大的別墅充斥著她喘息、疾走的聲音。當然還有他怦怦的心跳。女人竄進了廚房。

這一刻，窗外月光照在她赤裸的身上，她雙手抓住一柄餐刀。餐刀在月光下亮著尖尖的寒光。她的臉色都白了，眼睛瞪得很大，嘴唇抿得緊緊的。

他慢慢地走了過去，看見她眼睛散著一種蒼白的光。她一步步地後退。他一步步地逼近她。後退。逼近。後退。逼近。「啊！」她尖叫起來，她持刀的手被他抓住了，他的心跳得更快了。月光彷佛增添了凶氣。

女人突然停止了叫嚷，僵住了。(現在他忘記她當時叫嚷著什麼，他只想她停止尖叫)然後，他震住了:他手裡抓著那柄尖尖的餐刀，插進了她的腹部……，然後他看見了血。她睜大的眼睛，像死魚的眼睛……

「天啊！我殺死了她。」這句話彷佛彈在地面上，一蹦一跳的。

餐刀從他的手中墜了下去。

那種感覺，他第一次殺人的感覺。月光彷佛凝固了，在她的身上。月光凝固了。一切是如此靜寂。然後他聽到他的心怦怦地響，在月光中、在虛空中、在幻覺中……

再次垂下頭來，他撫摸那皮膚，那潔白無暇的皮膚彷佛奏響了音樂。

他忍不住地撫摸她的皮膚。

剝下她!那種震顫而愉悅的召喚。趁她還有體溫的時候剝下去。否則她的皮膚會有褶皺……

她死了，而她的皮膚復活了。

他拿起了那把餐刀，他聽到刀鋒劃破皮膚的聲音。他聽到血流動的聲音。血，這帶有更美的輕飄的音樂，召喚著他再次上路。用流動的血去體驗……這凝固的夢。比石頭還要硬的夢，在一個妓女的皮膚上飄著玫瑰的芬芳。這一切顯得多麼瘋狂，多麼純粹。一種瘋狂而純粹的聲音。這夏日的熾熱正落在一個女死者的身上，除了皮膚，這帶血的皮膚他什麼也看不見。

他慢慢地剝下來，這閃爍著月光一樣的皮膚。這是一九九九年三月八日。國際三八婦女節。他的勞作是剝下一個少女的皮膚。他必須趁女局長出差回來之前，把少女的屍體埋葬在別墅的花園裡，用她的皮膚製造出新的人皮面具……

此刻，透過窗子，他向天空瞭望，天空已把自身塗得漆黑。星星暗淡，月光明亮。在黑夜的另一頭，有一種寧靜他無法靠近。他只有靠近這帶血的皮膚，這永遠沉睡了的少女。

可是，他哭了。當他完全剝下少女身上的皮膚時，望著地板上那屍體，身子赤裸，皮膚被剝光，血肉模糊。他有些眩暈。是少女，鮮花嬌嫩的少女啊！他哭了，他的眼淚流了下來……好一會兒，他凝視著沾滿了血的雙手。他突然把那些血抹在他的臉上，與眼淚一起塗抹，他感覺到一種血與淚的浸潤。他喘著氣，他頭腦裡壓迫的感覺似乎鬆弛下來。然後，他雙眼發亮，很快脫光了衣服，把地上那些血都抹在身上。他全身很快湧起了一陣顫抖，他感到他的手抖動得特別厲害，那雙沾滿了血的手。然後，他蹲了下來。一剎那，他眼前冒出了一點點的金星，像螢火蟲兒縈繞著，消逝了。血在他身上慢慢流淌。

16 我

什麼時候，我們能從時間的囚牢裡釋放出來？有時候我覺得自己處於慾火中燒的世界，那是面具背後閃耀的赤裸。那是一個沒有名字的崇拜，一個格言的陰謀和死亡的魅力。那麼，開展故事的最佳方式，是運用一種野蠻的力量來創造詭譎邪魅的時刻。這就是，我的想像刺穿了現實的包圍，武裝了一個叫「自由」的強盜。或者說，一種幻象的英雄主義襲擊了我——再一次曝光、再一次交鋒、再一次終結……通往理想的旅程。通往死亡。通往充滿曖昧、殘疾、情愛與暴力的世界……趁天堂尚在熟睡，廢止眞實，學會謊言，我們站在憤怒之上。這是一個非此即彼的世界。面對精神的力量，你絕不能錯失一種心靈的回顧。因爲這裡伏著你的影子與原罪。又是一個記憶。又是一種喧嘩。又是一個愛戀與夢幻。

我記得父親說過：「美拯救世界。」這也是我父親常常對我說的話。有時候我覺得美意味著一種墮落，而寫作是一件下流的事，那也是我喜歡它的原因之一，當我們自以爲是地爲寫作獻身時，我們就學會了墮落。當然我還認爲，寫作的尊嚴來自對人性與墮落的理解，而超越了自由。或者，關於美的概念在發展；文字的豐富性、純粹性和精神化是一個作家首先存在的方式。難道我變得無法無天，複製、挪用、解構是我的最好的殺手鐧？哦，恐怖者是那個充滿奇蹟的粗人。在藝術上就要搞「恐怖主義」，我們必須恬不知恥地掠奪一切讓我們創造奇蹟的資源。

我說過，父親是一個天才，人皮面具，更多是一場隱密的藝術之道。這就是說，父親儼然用一把斧頭斧正了我的感官。這就是，你行走在非現實的空間，時間上存在著一個空洞（心理時間在流動，在你的幻覺中如影隨形），於是人物的意識撕裂暗示，穿越其中，那是略有變化的類似與重複，即使混亂或斷裂，你依然逮到了變化的快感、美學的愉悅，色情的方向……這只是個遊戲嗎？還是欺騙？你假裝陶醉在這「面具」的窺測中，彷彿隨時拿起猖獗的詞語、狡猾的想像與混亂的敘事來吞噬你的寫作……現在我明白，我無意複製現實，我是幻覺的操縱者。

17 伍木

現在，他成了一個性別的遊戲者。伍木戴上了他的〇三四號人皮面具，一張美麗絕倫的女人的臉。他成了一個美豔的女郎。他開始進入另一個世界，拓展另一種人生。此刻「她」行走在這個城市最高星級的國際大酒店的夢幻夜總會。他知道自己正陷在別人的眼睛裡，更多的是男人的眼睛，當然也有那些嫉妒的女人的眼睛。閃閃發光的夢幻夜總會。——色情的男女、肉慾的誘惑、金錢的陰影、時光的奢華——閃閃發光的他。他現在的名字叫白婉兒、一個美豔動人的「坐檯小姐」。一種嬌滴滴的聲音弄得男人神魂顛倒、一個飛吻足以讓男人想入非非。啊，「她」是這個世界的主角，一個高高在上的王。你可以看見許多男人向「她」獻媚討好。你可以看見所有的坐檯小姐向「她」瞪出嫉妒的目光。似乎誰也贏不了「她」的芳心，你甚至連「她」身上的敏感部位也難以摸一下，「她」說她賣藝不賣身。「她」越是這樣就越神秘越引得那些男人心癢癢。他覺得這是多麼有趣。一種飛揚的快感在他心中行走。他喜歡看見那些醜惡的男人失望的嘴臉。嘿，一群野獸圍著一個「美女」在轉，一種眞實圍著一個虛假在走。那些好色的男人越失望、越心急、越想得寸進尺，他就越快樂、越瘋狂、越覺得好玩——越快樂越墮落，越虛假越好玩。

事實上，有時候他覺得自己身上有一股女人味，他甚至懷疑女人味是他身體的一部分。當他與「白婉兒」渾然一體時，他發覺他身上的女人味發揮得淋漓盡致。於是他驚恐自己的身體潛伏著女人的天性。做女人的確妙趣橫生。和男人相比，女人眞的生活在一個不同的世界，一個更富於色彩與虛幻的世界，就像女人的乳房更富於誘惑、芳香的味道。一直以來他覺得女人的心是一個謎，女人的世界是難以走近的傷感之地。女人是善變的音調，即使你自以爲擁有她們的美麗，她們並不眞的與你在一起。那只是你的錯覺，你一廂情願的單純，女人就是複雜的遊戲者。你永遠難以征服一個女人眞實的心。女人更善於抓著男人的心，就像一個受孕的雌蜘蛛能輕易地吃掉剛剛授精的雄蜘蛛。有時候他身不由己地陷入困境——他無法控制自己扮演女人的角色——一種失常的困境，「白婉兒」成爲他的嗜好，他像一個戀物狂一樣愛上了「白婉兒」。他開始意識到，男人在本質上和女人沒有什麼區別，都是喜歡賣弄風騷的賤種。只不過在現實生活中，男人是內斂的、自控的、甚至無法發洩的。或者說，這是人性深處的一種角色轉換的渴望；它可能是精神上的，也可能不是。是的，他一時無法從「白婉兒」的困境中跳出來。他陷於進退維谷的變態中：一種快樂的變態，一種畸形的變態在他心靈上潛流著，他甚至不時感到變態的空氣如影隨形地襲擊著他。就是說，每個瞬間都意味著雙重的瞬間。精神與肉體、異性與同性、享受與困惑、夢幻與眞實，他活在雙重的陰影中。

令他驚訝的是，他看到了那個曾經和他一起在流花賓館被公安捉住的妓女白紅。白紅現在也是這裡的坐檯小姐。他知道最近兒子和她打得火熱。他想起她完美的肌膚，就難免有一種撫摸她的慾望。

他記起兒子那次到城南派出所贖他出來時，他看到那個白紅就呆住了，後來兒子對他說：「她是白紅，她就是我的夢中情人。」他覺得兒子真像一個瘋子一樣愛上了一個妓女。後來兒子居然又到處去借錢來贖那個白紅出來。你可以想像兒子的瘋狂。

這一刻，白紅對他說：「白婉兒，妳真漂亮。」他笑了笑，他說：「妳也很漂亮。」白紅說：「妳喜歡用茉莉花香味的香水？」他摸了下鼻子，說：「是啊，我喜歡茉莉花的清香。」白紅又說：「妳怎麼老是戴著那副眞絲白手套？」他說：「這讓我看上去高貴點嘛，也能防止那些臭男人老摸我的手。」白紅便笑了，她說：「讓那些臭男人摸一下，又有什麼關係，反正我們是出來做的。」他說：「我可是賣藝不藝身。」她說：「要是妳碰上一個讓妳心動的男人，妳就不會這麼說了。」他說：「難道妳碰上了？」她說：「我喜歡和男人做愛。做愛是最好的運動喲。」他說：「妳眞開放。聽說妳和一個小白臉打得火熱。他叫陳B，是一個作家。」她怔了一下，說：「你怎麼知道，哎，姐妹們都知道了，但他對我眞的很好，他很奇怪的，本來我的名字叫陸小鳳，他偏偏要叫我做白紅，現在我眞的成了白紅，姐妹們也都喜歡叫我做白紅，他還說要把我寫進他的小說裡，不過我們之間沒有愛情，你知道嗎，我愛上了一個陌生的男人，我只和他見過一次，就是上一次在流花賓館和我一起被公安捉住的那個男人，他長得好帥，他還有一雙很滄桑的眼睛。說起來妳也許不相信，我居然會愛上他，哎，感情這東西眞不可思議，可惜他消失了。」

他聽了不由大吃一驚，那個男人不是自己嗎？他突然間覺得兒子很可憐，兒子愛上了一個喜歡玩火、隨心所欲的女孩。他於是說：「妳只和那個男人見過一次，就說愛上他。妳不是經常和那個陳B在一起嗎？」她笑了一下，說：「我也不知道，也許我覺得那個男人挺特別吧，他令我動了芳心。」他冷笑了一下，說：「如果妳知道他的眞面目，妳就不會說愛上他。這只是妳一時的幻想。妳是一個愛幻想的女人。」她瞪大眼睛望著他，然後說：「是啊，我是一個隨心所欲、充滿幻想的女人，還特別喜歡做愛。」

18 伍木

現在白婉兒有了不少姐妹。唐小娜，是第一個來到女局長別墅的女孩。是的，伍木記得她的名字：唐小娜。就像記著她有著幾乎接近完美的肌膚。那時他對她說：「這是我的情人的別墅。」唐小娜發出了一聲長歎。這個來自四川貧困山村的女孩，頭一次踏進了豪華的別墅。當然，她也踏進了他人皮面具的王國。

他還記得，他是用安眠藥放在可口可樂裡，把唐小娜迷倒的。姐妹們都知道，白婉兒喜歡穿紅色的旗袍，紅色的高跟鞋。他很快脫下了他身上的旗袍，脫下了高跟鞋，一絲不掛。他站在那裡，看著那個女孩躺在沙發上，像一個睡美人。

他把耳朵放在她的胸部，傾聽她的心跳。有好一會兒，他抬起了頭，透過窗子，看到天空卷著沉重的雲塊，月亮消失了。他吁了一口氣：「沒有月光的午夜，唐小娜會像月光一樣消失。」他突然想爲她留下最後的影像，女局長的別墅裡有好幾部相機，他拿起那部即拍即取的照相機，從不同的角度拍了起來。啪啪的響聲，一張張照片呈現了她最後的表情。他凝視著那些照片，像凝視著即將消失的一個夢一樣。

不久，雷雨來了，閃電一次又一次從窗外撲在她的身子上，伍木的臉浸在那慘白的光亮中，現在他可以盡情撫摸她的皮膚，任何部位、任何角度、任何力度……他放下了相機，親了親她的嘴唇，他覺得閃電、響雷和驟雨奏起了一曲命運交響曲。接著，他剝光了她，開始撫摸她的皮膚，他一雙手貪婪地遊動著，他甚至把整個身子壓在她的身上，摩挲著她的皮膚……後來，他拿起了一瓶茉莉牌香水。現在他似乎養成了一個習慣，每次幹掉一個女孩之前，他都要噴灑香水。此刻，那種茉莉花香氣就像一隻看不見的手，撥弄著他的心弦。香氣瀰漫著，淹沒了雨水的氣息，儼然滲透他每寸皮膚，他雙眼發亮……他用力掐著她的頸脖，她的眼睛向上翻了翻，像在夢中向他作著鬼臉。閃電、雷聲、雨聲、他的呼吸聲，彼此交織著，他整個人卻沉浸在茉莉花香氣中……

就這樣，白婉兒的姐妹一個接一個消失了。誰都知道三陪小姐流動性很強，沒有人懷疑她們被人殺死了，有的姐妹聊起那些消失的女孩，還認爲她們不過是陪客人遊玩去了，或者陪情人旅行了。

19 我

看過一個攝影作品《性別的恐懼》，大多數人認爲那個作品是講述同性戀的唯美。在那裡，把相似姿態的照片上下顚倒地連接起來，兩個多情善感的少女以不可抗拒的美麗與姿勢嵌入我們的眼睛，就像超現實主義電影在一刹那間更換了人物、佈景與造型，這變換的間隙逼迫著你，讓你感覺到某種期待與不安，讓你感覺到世界的奇妙與恐懼。啊，男與女、同性、異性，我們永遠陷於性別的恐懼中。

有一種說法是，男女相處是彼此的溝通、學習和成長。我和白紅的相處就證實這種說法。的確，白紅教會了我許多，譬如對女人身體的熟悉，對做愛技藝的增長，對女人內心世界的洞察……另一方面，我禁不住感到嫉妒。白紅和多少男人卿卿我我呢？我得承認，有一陣子我覺得我和一個蕩婦在一起。男人都是矛盾武器，你得用情慾之矛攻擊你的違心之盾——一方面你渴望你的情人是蕩婦，另一方面你又渴望你是她的唯一。我已經記不得多少個瘋狂的日子，白紅波浪的呻吟讓我明白身爲一個男人的尊嚴、力量和快樂。

白紅的家鄉在湖南桃源。她說陶淵明筆下的《桃花源記》就是描寫那裡。我沒有去過湖南桃源。湖南桃源是怎樣一個地方？一方水土養一方人。湖南桃源能潤育出像白紅這樣的女人，那是令我神往的一片土地。我一遍遍地設想湖南桃源的面貌，就像我苦苦思索小說技巧應該怎樣才能出神入化。也許大巧若拙。湖南桃源是一個樸素純美的女人。這種想法令我逮到一絲迷惘，迷惘是芒刺在背的感覺。白紅是不是樸素的女人？有一陣子我想，白紅的放縱是人類本能的體現，是一種美學。憑心而論，和白紅在一起，我的不羈就像太陽一樣高高在上。一直以來我都渴望以一種不羈的態度來對抗生活。生活是令人感傷而虛飾的，我想生活在城市裡的人更應該懂得循規蹈距是城市的本能。而白紅的放縱是對這種城市本能的反抗，就像一個行爲藝術家總想擺脫媚的框框。或者說，白紅有不羈的靈魂和無所適從的目標，她想從色情的火焰中自己完成自己，一個人。但誰能逃得過城市的束縛？也許你會在情慾的路上行走得很遠，遠離了那些循規蹈距的人們，但你會擊敗生活的困境嗎？所以我說，我們的放縱與不羈不過是一種生活的悖離，是肉體區別於夢幻的武器，是慾念打開一條飛翔的道路。

現在你可以看到，白紅哼哼起來。她喜歡來自瑞典的卡狄根樂隊（The Cardigans，台灣或稱羊毛衫合唱團）。特別喜歡主音女歌手Nina Persson那純眞、樸實而甜美的聲音。此刻CD機就播放著卡狄根樂隊的專緝《登陸月球》（*First Band on the Moon*）。那首〈愛情傻瓜〉流暢悅耳地登陸我的出租屋。我看見白紅手舞足蹈地走著，不時衝我對來幾個媚眼。刻意與隨意。她穿著一條蕾絲花邊內褲，光著上身在房間裡轉悠，雙臂在空中緩緩地擺動，在我的眼前劃出無數的圓弧。她潔白的身子閃閃發光。她的乳房在顫動。有那麼一刻，她哼哧哼哧地叫起來，像一個手淫者，她的屁股在蠕動。此刻她在漫遊，一張臉飛一般地迷離於現實之外。啊，一個白日夢幻者在遊戲……是這樣，愛情有時會變得曖昧，就像一種荒謬：一個匪徒打劫了自己卻製造了別人的快樂。

愛情，我渴望又覺得恐怖而美好的字眼。我曾經對白紅說，「我想我愛上你了。」她說，「現在我可是一個娼妓。」那時白紅的眼睛掠過一種異樣的光芒。那就讓我愛上一個娼妓吧，我愛娼妓更愛白紅。我像一個傻瓜念著仿如戲劇的獨白。事實上我眞的不介意她是一個娼妓，我只要她一顆眞摯的心。我的妄想是多麼異想天開——一種慾念妄圖切斷現實的醜陋。白紅嘻嘻地笑了。她說：「我只想強姦你的愛情。」她說這話的時候，我看到她的眼睛裡閃出一種稍縱即逝的蒼涼，我猜想她也許曾經受過男人的傷害。一個女人最初的疼痛是永遠的疼痛，那是愛情上的創傷。或許是那個讓她懷孕而流產的歌手，或許是另一個影子的存在，而我永遠無法成爲她心頭上的疼痛。她僅僅把我看作是一個知己，一個可以依賴的做愛的肉體玩具。或者說，我們只不過是一個嫖客和一個娼妓的和諧的感情，一種惺惺相惜的、同病相憐的邂逅而已。

事實上我明白我和白紅不過是一種虛幻的存在。

現在我依然記得第一次和白紅做愛的時候，她背向我，弓著一個很撩人的姿勢，她輕盈地說：「你得用力喲。」現在我想，她之所以背向我，無非是沉溺於另一個男人的身上，她不想在做愛中看到我的面目，一個愛戀她肉體的男人的面目，那是令她感到可鄙的。她內心的哭泣、變異的靈魂、尷尬的裸體、閹割的美夢，我永遠不懂。

20 我

有時候，我會想像著我的將來：我會靠寫作活下去嗎？一種叩問、一種躁動、一種憂慮、一種希冀。我成了一個自我設置陷阱的午夜失眠者，一個被文學藝術誘拐而征服的白日夢幻者，一個老是拷問是生存還是毀滅的憂患者。

我曾經說過，我想像福克納那樣，在小小而不會枯萎的故鄉亦能創造不朽的篇章。更重要的是，我不想離開我的父親。——我與父親，人類思惟空間的奇花異草，惺惺相惜的人間窺視者。我從父親那裡覓到奇思異想的力量，一種幸福的源。

父親說過，藝術總是在小小的空間裡呼吸與生活；藝術是寂寞而世界的。不知怎麼的，父親的話讓我聯想到他的人皮面具——人皮面具是父親的語言，是他締造的不為世人所知的王國。在我看來，事實只有一個，即：父親是一個藝術家。我相信那些人皮面具在父親的手上出現，是一個奇蹟。你或許說那是一個荒謬。但我確實被父親的瘋狂與怪誕淹沒了。對我來說，這是一種驚悚的激情。很長一段時間我沒法正視這種激情。我有一個「特立獨行」的父親。我一直以為自己是瘋狂、叛逆與怪誕的。但父親比我有過之而無不及。當我在父親面前，以一個藝術家的身分出現時，我會感到自己的渺小與軟弱。就是說，我缺乏父親那種激情。是的，父親的激情的大海捲著瘋狂的漩渦，然後氾濫成一種「創造」的災。我說過，每一個異端的誕生，往往引起人們的暴怒。是的，我理解父親欲罷不能的激情。當激情佔據一個可憐的腦袋時，你洶湧的是一往無前的無畏，那時你會覺得你自己與梵谷的死魂靈是那麼接近，那時你是一個幸福者、一個遇難者、一個破壞者、一個建設者。

梵谷的一幅《向日葵》拍賣八千萬美元，父親的人皮面具有朝一日會賣多少錢？我甚至如此怪誕地想。

21 伍木

現在伍木戴著〇三三號人皮面具，朝車站走去。他看見陽光明晃晃的，讓人的眼睛幾乎睜不開來。天氣很熱，他感到這個城市像一個蒸籠。在一城市信用社門口，他看到不少的人打著橫幅（上面寫著「把我們的血汗錢還給我們」、「請政府為我們作主」……）在集會、示威。原來信用社倒閉，存款人都無法拿到存款。他聽到有人憤怒地說，是因為信用社的領導者把錢非法貸款給非法商人，造成信用社無法周轉。有的人卻說是信用社的某個頭兒貪污受賄，捲鉅款逃跑了。望著那些憤怒的人、咒罵的人，甚至哭泣的人，他顯得異常的平靜。他冷漠地看著他們。他猜想這些存款者都是因為貪圖信用社的高利息才把錢存到那裡去。然而，他很快地走開了。他不願意看到那些人群，他們的憤怒、咒罵與眼淚，讓他感到生活沒有樂趣。

望著大街上行走的人們，伍木感到自己非常空洞。他覺得自己敢於毀滅這世界。比如，他要自己毀滅一個美少女，他並不爲自己的行動而震驚，他要爲自己的快樂而活著，此時此刻的快樂，現時的快樂。現在，他覺得殺人是一件挺自然的事，非常自然而然的事，就好像這世界存在著許多的生老病死一樣；他只是讓一個美少女早點上路。他覺得，感覺死亡的滋味是世上最快樂的事了。死亡應該是自然而然的事的、貼身的，而非遙遠的。

後來，他來到車站。空氣中混合著烤熱的水泥、塵土、汽油、垃圾的氣味。各種聲音躁動著，車站的高音喇叭聲、車輛的喇叭聲、小販的叫賣聲、人群走動聲……充斥著他的耳朵。一群群的旅客從車站大門口湧出來，夾挾著雜訊向他迎面走來。車站的人流讓他感到自己的無聊。陽光直射進他的眼睛，他突然感到一陣戰慄，他冒著汗的身子在顫抖。他有些奇怪，這麼熱的天自己會顫抖起來。他弄不明白自己爲什麼要走到這個喧嘩的地方。

他突然聽到一個胖女人尖叫起來：「搶錢包！搶錢包！……」一個高瘦的青年從她身邊拼命逃竄。胖女人吃力地追著。搶錢包的青年很快地竄得老遠。胖女人在路上停了下來，罵罵咧咧的。沒有人去阻攔那搶錢包的青年。他同樣冷漠地望著眼前發生的一切。他突然覺得有點空虛：他來這裡是想找什麼？

他突然想到他的兒子。他想起兒子說過的，生活比夢更富有遊戲性。如果有一天，警察出現在我的世界裡時，我會驚慌失措嗎？

他笑了笑，看到一個流浪歌手在車站旁邊的廣場上賣唱，走了過去，他突然想到，他一直與世無爭，除了會製造人皮面具，他一無所有。當然他還擁有一個兒子，一個想成爲作家的兒子。他看到流浪歌手披肩散髮，彈著吉他，嘴裡含著一把口琴，整個人陷在一種心醉神迷的情感裡，吉他聲、口琴聲、流浪歌手的聲音，在這一刻迴旋著。藝術是幻境啊，這個流浪歌手是不是也活在藝術的幻境中？他聽到流浪歌手吟唱著：「賣烤白薯的兄弟回到了冰冷的被窩，安息吧！不必嘆息，總有一天，你會到天堂，就沒有警察和工商……」

他喜歡上這個流浪歌手，他把三張百元大鈔放在流浪歌手的面前，然後在路人驚訝的目光中走了開去。他不想他們盯著他臉上的人皮面具。即使他們暗暗驚歎他的英俊。

對比這個流浪歌手，他突然覺得他不再有自己了，他唯一的財富是人皮面具。如果有一天，他把其他的人皮面具都燒毀了，包括歐陽婉的那些人皮面具。他能想像那燒毀的快感與悲痛。藝術是一場生活的逃亡。他寄身於女局長的別墅裡，那是一種恥辱的逃亡。他隨意地揮霍口袋裡的鈔票，那是女局長送給他的鈔票。現在他已經學會接受女局長的鈔票，墮落從那一刻開始，他接受一個可恥的女局長的鈔票。墮落讓他學會承受被強姦的感覺。他知道她和他在一起的時間很少，她總是忙著她的官場角逐。他討厭和她在一起的時光，他越來越討厭她。當然，那是〇三三號人皮面具和她在一起。

他在廣場的一角坐了下來。他想起了歐陽婉，想起了她的花容月貌，她那富有彈性的皮膚，散發著茉莉花的香氣。此刻他傷感起來。是什麼在暗中控制著我，讓我如此傷感不已？或許是：生活茫茫然。我的生活，行屍走肉的生活……我不再有自己了。世界上不再存在著陳森林這個人。或許我早就死了。陳森林不過是一個死亡的符號……兒子，你會生我的氣嗎？我是一個不稱職的父親，一個冷酷的死魂靈……他坐在那裡，一絲風吹拂著他的眼睛，他吁了一口氣，望著車站的人潮，他突然對人群產生一種深深的恐懼感。有那麼一刻他感覺到自己像垃圾一樣活著，就像戴上了人皮面具，沒有名字，沒有眞實的面孔。他甚至想讓自己被囚車送走。

現在，他覺得炎熱的天氣把他撬起來了，他需要冒險、刺激。現在，他目光注視遠處，只是等待獵物的出現。他突然想到，人類的等待不是一種德行，是一種摧毀，是另一種悲劇與美的誕生，是遊戲的開始。

這時，他看見一個女人從車站的出口走了過來。是歐陽婉，他曾經的妻子。一陣戰慄襲擊了他，他感到他的心在劇烈跳動。他想不到此刻會看見她。他已經好久沒有見到她了。她還是那麼美麗。她的皮膚還是那麼白皙……他想要她身上的皮膚，那閃閃發光的皮膚。

他走了過去，跟蹤在歐陽婉的後面。

22 伍木

「歐陽婉，妳是否明白人世間的殘酷？我們都是殘酷的孩子，我們熱愛殘酷。因爲世界本身就是殘酷。歐陽婉，我的愛，妳走路的姿態多麼柔美，妳身上的那襲白裙……現在，歐陽婉，我貼近妳。唯有最沉重的心靈才有最眞實，最邪惡的心靈才體會最善良。我的孤獨昏暗得像那高大建築物的陰影。妳的身體，我的花園。那是攜帶玫瑰的心靈。我，在手持一把刀的路上夢見妳——無須祈禱、無須畏懼。貼近妳、貼近血，遠離腐朽的存在，遠離眞善美的扼殺：這舔血，是我現在存在的快樂，是自由……那壓倒我們的罪與罰（蔑視它們吧！），是如此薄弱，像一張紙，一縷輕煙……繼續蔑視它們……誰說得好：『純潔的靈魂應該拋進罪惡的火裡，應該燃燒。』現在我埋葬了怯懦，抵達自由的境界吧！我流動的血液、流動的天眞、流動的邪惡……徹底摧毀吧！這世俗狡猾者的笑容，這怯懦的存在……摧毀妳，我的歐陽婉。」

「我的歐陽婉，妳爲什麼還要和那可惡的小販討價還價：那布娃娃有什麼可愛美麗呢？和妳的皮膚比起來，那簡直是垃圾的存在。那賣布娃娃的小販的賊眼是多麼可惡，色瞇瞇地亮著。妳是否討厭他啊！走開吧！別理會這賤骨頭。妳還在討價還價。我的歐陽婉，妳是否明白我的過去。我想妳明白，因爲妳曾經是我的妻子。過去我像一本古典的書蒙受塵埃的覆蓋，現在我需要血來清洗那塵埃。我曾經尋找心靈。可是我從來沒有見過自己的心靈旁邊停駐著另一顆心靈。我只有孤獨。我被欺騙。我被背叛……妳的血，我的夢。」

繼續前行。「我的歐陽婉。妳迷惘過嗎？妳想毀滅自己嗎？我曾經迷惘過，曾經想毀滅我的生命。哧，那種怯懦的存在。我又恢復了知覺。一切都亮在眼前。人皮面具，這眞正的詩歌行走在炎熱、潮濕、絕望的黑夜裡。面具、面具、人皮面具、那閃閃發光的人皮面具，美麗而神秘。現在我的欲望再次醒來，這哞哞叫的欲望，再次咬齧我的生命。再次重合，我的才華。我震顫的海洋，我的呼吸。現在我明白，如果我要有永不枯竭的創作的源泉，我必須擁有：『我的蔑視精神』，蔑視世界的存在、蔑視名利、蔑視道德、蔑視死亡、蔑視一切……啊！我的蔑視精神。」

繼續前行。「我的歐陽婉，妳手裡拿著那個布娃娃。現在看起來，它還眞有點可愛，那是因爲妳的手拎著它。這布娃娃，沾了妳身上的靈氣啊！讓妳的皮膚在我的手上閃爍吧！閃閃發光的星星。明星照耀人間。不僅僅是感官的享受，更多是創造。——陳森林，妳剝下她們的皮膚，世界便閃爍在這一刻。總有些人爲藝術而犧牲。一種黑暗總在那裡，讓懦弱者悲婉吧！歐陽婉的存在就是爲你而獻祭，爲你的藝術而獻祭。誰說的：『藝術是人們的漫遊之地，那兒鮮花盛開。』——我的歐陽婉，妳是否明白藝術的眞諦、藝術的存在？」

「我的歐陽婉，別再東張西望了。妳就是世界上最美的風景。快樂是建立在別人的痛苦之上。建立在妳的身上，我的歐陽婉。妳是風景，我是屠刀。妳是皮膚，我是妳的美的收藏者。美的最豐滿的容納就是最多的收藏與最少的浪費，我迷戀妳皮膚上的美，我擺脫了肉慾……一切邪惡都有力量的迸發。那把舔著邪惡的刀子，沉重而輕鬆。扼殺我吧，憐憫我吧，愉悅我吧……這沉重而輕鬆的刀子，高於人類的道德，高於世俗的法律。我的歐陽婉，別再東張西望了，妳眞的是世界上最美的風景。」

「哎呀！有人碰著妳的腰了。那該死的撿破爛老太婆，她挑著一擔破爛。會不會碰傷你的皮膚？

我是如此的擔心啊！妳的皮膚，美妙的存在。妳衝老太婆笑了笑。還對她說：『你小心，慢行。』啊，我的歐陽婉妳多善良。」

「我再走近妳。我的直覺構築了我的空間……所有醒著的良知在幹些什麼呢？當邪惡的刀子誕生的時候，我並沒有殺死它。邪惡讓我擁抱了洞察黑暗與光明的力量。壓碎一切眞與僞的武器。我演變了邪惡的力量。這就是我。讓我再走近妳，走近妳……」

「這一刻，我的歐陽婉，妳的左手碰上了我的右手。呵，那種肉感的接觸。一股電流淌過我的心，多麼舒服。再碰一次我吧！再碰一次我吧！我在心裡懇求著。妳卻抱歉地向我說：『眞對不起。』」

「此刻，妳的笑，妳的皮膚，如此甜美。現在我貼近妳。近距離的感覺，妳的皮膚，像一輪滑行的月亮穿過我的慾念而閃光。遠遠超過事件的眞實，邪惡是激動心弦的。一種愉快感。那種墜落的愉快感……就好像妳在尋找一種藝術的語言……打開那語言的鑰匙就是。妳必須擁有對血的崇尚，一種墮落的儀式，一種摧毀或破壞某種秩序的力與美……我的歐陽婉，妳明白麼？」

伍木突然看見歐陽婉走進了金雞路一條狹窄而骯髒的小巷。

緊緊地跟蹤歐陽婉吧！你必須擁有她身上的皮膚。冒險與你同行。

她住的地方，那是小巷盡頭的一間三層的出租樓。伍木覺得他穿越了她，穿越了她身上的皮膚。他瞪大了眼睛。

如何劫持她？

現在他必須儘快想出劫持她的方法。她彷彿成了一種絕望，在這絕望裡，他看出了自己無非是隻舔血的野獸。赤裸裸的野獸。絕對的野獸。——他感到他像陀螺，爲她而轉旋，因爲他活在這種絕望中。

他外表冷靜，內心如火燎。他在那幢出租樓的樓下走來走去。後來，他看見歐陽婉的臉出現在一個房間的窗口上。那是三樓的一個出租房。他突然想到：在那裡是容易下手的。那層樓應該很安靜，人跡稀少，他能輕易剝下她的皮膚。是破門而入，或是先認識她（憑他英俊的「外表」，美男計），再慢慢劫持她？

他很快意識到，破門而入太過危險。他決定採取後一種做法：用美男計。先結識她，然後用愛情……對，愛情是最好的武器。用愛情的長矛攻擊她薄弱的心。當我所謂的愛情刺中她的心，她就成爲任我宰割的羔羊。慢慢享受那種過程。心急吃不了熱湯丸。嘿，你得成爲陰謀家。在成功之前，你得忍耐。

他想起女局長的聲音——你成爲陰謀家，你的世界更精采，讓歐陽婉成爲我的製造，現在我投靠了陰謀。他明白自己開始製造一個陰謀，他必須儘快弄清楚她現在的生活細節，現在他已經變得坦誠了——如果能儘快取得歐陽婉身上的皮膚，這是最好不過的事情。

23 伍木

這一天下午，陽光明媚。伍木朝金雞路走去。現在他知道，歐陽婉和丈夫分居了，她住在金雞路的一個出租樓，一幢黃色的三層高的舊房子。她住在三樓。附近還有一座橋，而她的窗子就在橋的旁邊。橋下的河水是黑濁的。

伍木記得，以前這河水是清澈的、明朗的，現在卻被污染得像一個死亡，是的，死亡的存在。沿著路人稀少的街道行走，他感覺到興奮，想到歐陽婉的肉體，準確地說，是皮膚，是那麼富於味道。一種巨大的吸引力攫住了他，他不由自主地走向那個夢幻般的存在——一個歐陽婉。

然後他停在橋上。看著她的窗子，一個長方形的木窗。它卻關上了。她不在嗎？彷彿只有一步之遙，他感覺自己就像撫摸著她的皮膚——慾念浮動，他覺得自己漂浮起來，漂浮在皮膚的芳香之上，遠離了生活，麻木而惡臭的生活。他漂浮起來。他感覺自己漂浮起來……再看著腳下的河水，他又怔住了：他覺得自己像河水一樣濁臭，他無法漂浮。這個城市就是這樣的惡濁，他想。是的，他胡思亂想起來。從外表看來，他像一個憂鬱的青年。偶爾有路人經過，也會看他一眼，看這個英俊而憂鬱的青年停在橋上，像一個正在沉思的思想者。當然，你可以說，是他的英俊與憂鬱吸引了這個世界。

這時他注意到一個橋墩上刻著一個裸女：裸女有一雙很大的眼睛，一對豐滿的乳房，斜臥在一鱗河水之上。他突然覺得這個裸女刻得挺有戲謔的味道。她像妨礙著他似的，用她的大眼睛逼視著他：「你在這裡想幹什麼？」他突然覺得自己這樣明顯地站在橋上會不會引起人們的懷疑？

他看到那幢舊房子有一條直通到樓上天台的水管，他想他能沿著水管爬上那個窗子，然後爬進她的房間。這種想法讓他感到興奮。現在他情不自禁。他想立刻實行他的想法。可是，他突然發現自己陷進了一個挺傻的想法（因爲現在窗子是關上的），於是他笑了笑，爲自己有點愚蠢的想法笑了笑。

當然，他爲剛才閃過的想法而快樂，畢竟這讓他感到一種鼓勵。然後他想到，既然我有勇氣想爬上去，爲什麼我不直接從樓梯走上去？

他很快發現，這時的大門恰好打開著。他決定走上去瞧瞧。

他走進了大門。門口一側有個套間，一個女人在忙著炒菜，香氣嫋嫋。他很快拐進樓梯，往上走去。他想那個女人沒有發現他。

沿著樓梯走了上去。他的心還是怦怦跳著。奇怪的是，他沒有遇上誰。然後他停在歐陽婉的房間門口。他確認那是她的房間。事實上，這並不困難。三樓只有三個房間而已。而歐陽婉的房間是走道最後一個，而且面向河水。

24 伍木

這時，一切都沉寂了。只有他的心跳著。伍木發現房門用一把很大的鐵鎖鎖著，鎖是從外面反鎖著。顯然房間內沒有人。他感到一種失落。他突然想走進裡面去。他知道，自己要打開這把鎖並不困難。他童年時就學會用一根鐵線打開一把鎖。問題是，現在從什麼地方弄到一根鐵線。他看著空空的走道。隔壁的兩個房間也靜悄悄的。他像一個竊賊站著。如果此刻有人走了上來，他會有著怎麼樣的表情呢?他不想去猜想。他覺得自己現在融進了某種冒險當中。

然而，這時，樓梯眞的傳上了腳步聲。有人走了上來。他有點慌張起來。他環顧四周。然後他走到走道的一邊，故作冷靜地盯著下面的河水。

走上來的是一個女人。

她一下子盯住了他。他也盯著她。她穿著一套印有不少玫瑰花的紅裙，顯得花枝招展。雙唇塗了猩紅的口紅，細小的眼睛上描著紫藍色的眼影。她臉上有一股風塵的味道，看得出來她是那種靠賣笑爲生的女人。就是說，她是一個暗娼。

然後他衝她笑了笑，友善地。

女人也衝他笑了笑。

「你在等人?」

他笑著說。他覺得對這種女人應該放輕鬆一點。他走了過去。女人的房間是最靠樓梯的那一間。

「哦，可是我好像不認識你。」

「可我早就認識妳了，所以今天鼓起勇氣來找妳。」

他嗅到女人身上的香水味道挺濃，他想她用的是廉價的香水。

「是麼……」女人邊說邊打開房門。然後向他拋去一個媚眼。

「進來坐坐吧。」

她看上去像三十多歲。她皮膚白皙，風韻猶存。她有一種野性的風塵味。

他突然想到，如果將這女人的皮膚剝下來，也許可以做成一個挺不錯的面具。他聽到他的心為這個念頭撲撲地跳了幾下。

屋內擺設挺簡單：一張床、一只皮箱、一個氣爐、一個裝雜物（如飯盒、熱水瓶等等）的木架子。屋內顯得空蕩蕩的。

女人往外面瞟了一下，然後隨手把房門關上了。她朝他瞄著，右手捏著他的衣領，說：「你的襯衫質地不錯嘛。」

他笑了笑，伸出手撫摸她的臉，他覺得她的皮膚不是那麼自然，顯然是塗抹上了雪花膏之類的

「我在等妳。」

化妝品。女人趁勢依偎在他的懷裡，他用左手摟著她的腰肢。他的內心卻出乎意料地平靜下來。此刻他並沒有窘逼的感覺。他只是想摟著這個女人，使自己顯得並不那麼孤獨。即使是和她做愛，他也是覺得自己只是做著一件簡單而自然的事情。於是，他的右手抓住她的胸部，揉捏起來。女人嬌呻了一下，雙手攀住了他的脖子，親了親他的嘴唇，說：「你長得這麼年輕這麼帥，我還以爲你看不上我。」

「我喜歡妳，因爲妳有女人味。」

「叫我珍珠吧！」女人的雙眼舒展起來，又親了親他的嘴唇：「我會讓你快活的。」

珍珠！他怔了怔。然後他笑了笑。

於是女人把他牽引到床上，讓他坐在床沿上。她卻站著。她說：「讓你欣賞我的脫衣舞。」

女人開始做著狐媚的動作，像個脫衣舞女郎一樣，不斷地脫下她身上的裙子、長襪子、乳罩……

此刻，他的手在微微顫抖，他覺得自己想變得下流無恥。越墮落越快樂，他突然浮起來這一句話。肉體的歡樂，他需要。他突然覺得這個女人有點可愛。不知爲什麼，他對這個女人有點好感。於是他靜靜地看著女人的表演，帶點微笑地。他覺得自己變得輕鬆起來。

女人脫得赤裸裸，然後走近了他，把一條修長的腿架在床上，讓那縫隙開得更大些，她的眼睛把淫蕩的笑意注滿了他全身……他突然覺得內心有一種野性的滿溢，那是一種召喚，他要完全佔有她的肉體、她的呻吟、她的狂野……他儘管覺得自己有些荒唐：肉慾降落在他的身上，他想完全進入赤裸的世界，那是一個充滿人情味的世界，一個讓他埋葬憎惡的世界。一個任意妄為的世界。

此刻，這個女人纖細優美的身段充滿淫蕩。他低下了頭，雙手捧住她的臀部，開始吮吸她的「桃花源」，那長滿芳草而陰暗的地方，那充滿異樣腥味的地方。他覺得有些噁心，但還是用勁地吮吸著，他覺得自己能抵達空寂的憎惡，在那憎惡中，他能理解生命，理解自己所有的酸苦——只有心靈受傷的人才能理解這種吮吸，這種吮吸，是世界上唯一能使你的心溫暖起來的方式。那是白夜的存在。那是午夜的陽光……

女人像一條蚯蚓扭動著，喘息越來越粗。那是一種被野火燒灼的喘息。她的扭動，她的喘息在燒灼著他的憎惡，他更把舌頭深入其中攪動，刺探，舔舐，就像深入更加虛無的焦慮中，那是他的沉默，是他對自己憎惡的一種把握，一種反抗……女人感覺到他的瘋狂，她的雙手一下子捧著他的臉。那一刻他彈了起來，他怕她抓下了他臉上的〇三三號人皮面具。他變得像野獸一樣，把她摔在床上，她整個人興奮得痙攣起來，像受虐狂一樣望著他，渴望著他的施虐。這個同樣病態的女人，像把內心的傷痕暴露無遺，渴望著他的狂野。他把抬為了起來，長吁了一口氣，像享受某種哀樂一樣，一剎那他覺得自己無藥可救。突然間他看到牆壁上有一隻黑蜘蛛，它靜靜地趴在那裡，像偷窺者一樣望著他倆。他一下子騰出爪子，把那蜘蛛抓緊在手裡，然後猛地放在口裡，他的牙齒狠狠地咀嚼著那黑蜘蛛，像享受著某種快活一樣。那蜘蛛的汁液從口中流了出來，他感覺到自己成為一頭野獸。他沒有想到這時女人撲了過來，她一下子把整張大嘴咬住他的唇，然後那舌頭像蛇一樣深入他的口腔中，無疑她想分享那蜘蛛的味道……

「寶貝，味道好極了。」女人突然輕呻著。他被她的激情感染了，他覺得她此刻眞像一個天使，讓他找到天堂的感覺。兩張嘴緊貼在一起，吻得空氣好像在血管裡燃燒著，他感到他在她懷裡被撕碎了——他的心開始慢慢溶化，快感浸滿全身。就像蜘蛛的味道瀰漫整個屋子，現在他們成爲兩隻緊緊糾纏在一起的蜘蛛。兩隻赤裸裸互相咬齧的蜘蛛。兩隻深入彼此身體的蜘蛛……

現在，風暴過去了。他倆躺在床上。他點上了根煙，她也要了一根。煙霧繚繞。

他望著煙霧，突然問她：「珍珠，你做這行有多久了？」

「兩年了。自從我丈夫死了我就幹上這一行。我是湖南人。我想賺些錢回去，做些小本生意。」她說，神情有點黯然。

「你覺得我是一個壞女人嗎？」

「不。我覺得妳是一個好女人。珍珠，妳令男人快活。我很快活。我好久沒有這麼快活過。我有點喜歡妳。眞的，我喜歡上妳了。」他從褲袋裡拿出一疊鈔票，大概有三百多塊，遞給她說：「這些都給妳。這是妳應得的。」

女人說：「我不要你的錢。我要你常來看我。好嗎？」

他沒有想到女人會這樣說。「爲什麼？」

「我覺得你是一個好人。還有，我喜歡和你在一起的感覺。你沒有看不起我。」

我是一個好人？如果她知道我是一個殺死女人而且剝下女人皮膚的人，她會怎麼樣想呢？他禁不住摟住了她的腰，女人貼在他的胸膛上。他感覺到一種女性的柔情與嫵媚。他想起兒子愛上了那個叫白紅的妓女。他突然明白了兒子爲什麼會從一個妓女身上找到溫存與美麗。

「以後你常來看我，好嗎？」女人的聲音幽幽地浮了上來。

「好的。我會常來看妳。」

這時，他聽見門外傳來一陣悅耳的歌聲。是歐陽婉的聲音，永遠熟悉的聲音，她在唱〈月亮代表我的心〉。

「是誰？」他推了推女人，故意說。

「是隔壁的一個少婦，她和丈夫分居了。」

「也是做你這一行的？」

「不是。她沒有工作。」

「是嗎。」他輕吁了一口氣。

「怎麼啦。你想追她？」女人卻說。

「哼，我還沒有見到她呢。」他捏著她的一個乳頭說，「是想追她，你生氣了？」

「沒有生氣啊。不過，她很難追的。她對丈夫癡情。而且她不是那種壞女人。你可別動邪念。」

「那你有什麼方法?」

「你眞的想追她?……哼,你們男人都是這樣的。見一個想上一個。不過她只愛她丈夫一個人,她親口告訴我的。」

她只愛她丈夫一個人?是現在的丈夫,還是過去的丈夫?他心裡浮現歐陽婉的臉龐,莫名地產生了一種想握住她的感覺。

「那我是沒門了。她叫什麼名字?」

他看見珍珠的眼睛睜得大大的。

「她叫歐陽婉。如果你眞的想上她,我可以幫你認識她,至於你能不能成功,那就看你的能力嘍。」

他摟緊了女人,說:「你眞好。」

「只要你常來看我,我就心滿意足了。」

他想不到這個下午會結識一個可愛的娼妓:一個人的粗野污穢、隨心所欲的自由,是比任何性愛都可愛的,就像從珍珠的身上,他看到了歐陽婉的影子。

25 伍木

這個早上,陽光挺好,伍木潛入了歐陽婉的出租屋。在此之前,他花了一個星期跟蹤歐陽婉,伍木發現她每天早上有一個習慣：就是喜歡到附近的公園散步，公園裡面有一個湖，她喜歡坐在椅子上，看著湖水，發呆。他決定在她散步時潛入她的出租屋。他不知道自己爲什麼要這樣做。這個慾念特別強烈，他控制不了。走道裡有些陰暗。他用了一根鐵線在鎖孔裡撥弄了一下，門就開了。他關上了門，很快聞到房間裡有一種芳香，那是茉莉花的清香。他整個人浸在這種香氣中。此刻，他看到窗口裡的天空是藍色的，一朵小小的雲掛在那裡。他看到房間佈置得簡單，一張有床墊的小床，一個白色的布衣櫃，一張桌子，桌子上放著鏡子、化妝品、一台CD機。還有好幾本書，比如《第二性女人》、《泰戈爾散文詩全集》、《如何讓男人喜歡你》、《活用口才與交際》……桌子上還有一個金魚缸，裡面養著一條碩大的金魚，它身上有幾種顏色。他的心怦怦地跳著，他感到歐陽婉的身影在房間走動著。他現在能看到歐陽婉生活在怎麼樣的一個環境。他逐一撫摸著房間的東西，彷彿撫摸著歐陽婉每一寸皮膚。後來他打開了那個布衣櫃，看到裡面有五顏六色的衣服。他一一拿出來，端詳著，甚至把它們放在自己身上比劃著，他甚至想到如果自己戴上歐陽婉的人皮面具，穿上這些衣服會怎麼樣。

他看到床上散放著好幾個乳罩，他走了過去，把鼻子貼近一個紅色的乳罩，他突然感覺到一種異樣的味道，那是歐陽婉的乳香，他感覺到他將頭埋進了她的雙乳。他長吁了一口氣，使勁地呼吸著那乳罩散發出來的氣味。然後，他躺在床上，像一個大字躺著，那是一種舒服的感覺。

伍木的雙手逐一拿起那些乳罩，放到鼻子前使勁地聞了起來。有好一會兒，他感到好像要透不過氣來。他放下乳罩，抓住一張被褥，抱在懷裡，在床上翻滾著，一種隱密而溫柔的記憶浮現出來，那是她的臉，歐陽婉的臉，歐陽婉向他走了過來，他掩飾不住自己的驚慌，歐陽婉的臉，在夢中出現過無數次。他感到被褥的柔軟，被褥像她的肉體湧動著，在他的手掌間湧動著。然後把臉埋進了那枕頭，他聞到枕頭的茉莉花香，他用臉摩挲著那個枕頭，摩挲著歐陽婉的臉，然後，他用嘴唇親吻著那個枕頭。他親個不停，甚至伸出舌頭，輕舔著那個枕頭。

好一陣子，他整個人又仰在床上，雙手緊緊把枕頭抱在懷裡，枕頭，歐陽婉，枕頭，歐陽婉。他長吁了一口氣，感覺到下身鼓了起來，他笑了笑，拉開褲鏈，將那有些腫漲的東西掏了出來，他看見它筆直得很，閃著紅光，他將那枕頭輕輕地一上一下地壓迫著它，他感覺到歐陽婉的身子在壓迫著他。後來，他翻了起來，把那東西抵住了那些乳罩，一下一下地抽動著，他似乎聽到那些乳罩在哇哇地叫，他感到舒暢。這時他從桌子上那面鏡子裡睨見了他，他的臉漲得通紅，他覺得自己變成了一個淘氣的孩子，突然間，一陣咕嚕咕嚕的聲音響起，那是他肚子的響聲，他才想起這個早上他沒有吃早餐，很快停止了那種所謂抽動的動作。一片寂靜籠罩著他，他站在床上，看著整個房間，看著自己的側影，看著那條金魚，心裡突然有一種虛空的感覺。

26 我

我敢說，歐陽婉，我的母親，一個美麗的女人、一個悲劇故事的配角（或許她永遠當不了主角。她僅僅是自己的配角）、一個驚悚的夢，我曾經恨她，現在只有同情她。

我記得父親的屋子裡有一本《安娜．卡列尼娜》，扉頁題著歐陽婉購；還有一行字：「有眞愛才有青春，有青春才有無悔。」難道她把自己比作安娜．卡列尼娜？有一天，她會像安娜．卡列尼娜那樣死去？有時候，我設想母親摟著安娜．卡列尼娜的魂靈跳舞。我還記得母親喜歡種植花草，那時候她在宿舍的院子裡種了不少的茉莉花，夏天來的時候，一簇簇白色的細小的花朵，散發出濃郁的幽香，夜風吹來，我們的屋子裡充滿了茉莉花的香氣。母親喜歡把那些茉莉花栽下來，泡在水裡一段時間，然後洗臉。我還記得，那時候火葬場的工人喜歡叫母親「茉莉花」，他們嬉笑地唱著那首歌：「好一朵美麗的茉莉花，人人見了人人誇……」我還記得父親珍藏著一張照片，那是母親抱著嬰兒的我和父親站在那個宿舍門前合照的，我們的背景就是那些茉莉花。那時候，母親睜著大眼，含著笑意，父親幸福地傻笑著。

我還清晰地記得，在一個夢中，我在檯燈下寫小說，母親悄然而至，她消瘦的身子穿著灰色的囚衣，整個人看上去像罩在黑暗中，她的眼睛在黑暗中睜得大大的，散發出呆滯的光芒，像兩盞暗淡的燈籠；她的呼吸粗重，她似乎說不出話來，她的喉嚨發出一陣咕咕的聲音，後來她的雙眼越來越紅了。好一陣子，她的雙眼流出血來，我覺得某種詭異的空氣靠了過來。就這樣，流血的雙眼凝視著我，此刻母親成爲一個幽靈，她的嗓音嘶啞，我聽不清她說了什麼，我感覺到她的目光落在我的身上，就像一隻枯萎的手攫著我，後來，我終於聽清楚了：我越獄了……

母親的形象停留在夢中，停留在那張照片上，這就是我對母親的記憶。或許，我能看到支離破碎的母親形象——從某種意義上，我幾乎忘記了母親長得怎麼樣——一些記憶的餘燼輕煙繚繞，我所能捕獲的是母親的一抹蹤影。

不妨說，我常常想這樣對母親說：「妳是那個人，妳乍醒於戀愛的夢中。」

彷彿是這樣的情景：在街上，明媚的陽光下，我又一次碰上了母親。她告訴我，她再一次戀愛了……她的臉看上去像藍天白雲的晴天。她的臉不再永遠被陰天鐐銬著。

母親再一次戀愛了！這使我感到太陽穴血液的顫動。我想像著母親戀愛的情節——當然，我把她的戀愛視爲一種越獄——在她身上，湧現了一種勇氣，她開始逃離現在丈夫的囚禁。一個「女囚的傳奇」開始了，這一次她成爲末路狂奔的野獸的化身？她試圖冒一種風險，抵達她肉體的趣味……想到這一點，我覺得有趣。我甚至猜想「越獄」後的母親會做些什麼，然而我不知道該往哪個方向想去：面對戀愛，面對情慾，我們都是殊途同歸……後來我僅僅想到：「她會來看一看我嗎？」

27 伍木

冰凍紅茶。它立在眼前，像一朵花，像歐陽婉。手輕輕握著玻璃杯，像握著她的手。手裡的紅茶隱隱傳來了它的冰凍，凝結了這一刻的空氣：透過吸管，吸著紅色的空氣，像吸著她身上的芳香。伍木又一次看見窗外的陽光。

這是一間台灣式的茶仙居，經營著飲品、咖啡、中西餐之類的。茶仙居三面是玻璃櫥窗，透明得很，整個空間顯得空曠。

歐陽婉，此刻就坐在他的對面。伍木終於可以和她坐在一起。在他看來，她看上去依然亮麗，只是身體豐潤了一點。她保養得很好，四十多歲的女人看上去只有三十歲。歐陽婉看上去有些矜持。這是他們第一次約會。在此之前，他們更多是在電話裡說話。

女人的心是敏感的，她顯然知道他接近她的企圖與慾望。

一九九九年三月十日下午，他和她的「邂逅」是在市購書中心，他知道她還保留喜歡讀書的嗜好。那時他走近她，誠懇地說：「小姐，我們可以做個朋友嗎？」她笑了笑，說：「當然可以。」他仍然記得她當時的微笑是那樣愉悅，然後他寫下她家裡的電話號碼。當然他早就知道她家裡的電話號碼。此後，他經常打電話給她，一種充滿曖昧的魚餌拋了出去。

他知道她現在沒有工作，在家裡過著少奶奶的生活，他更知道她的丈夫在外面包了二奶、三奶。他相信她不是那種忠貞的女人，她當初能背叛他亦能背叛現在的丈夫，她是需要肉體的誘惑與虜獲的。何況基本上，女人屬於感性的動物，往往抗拒不住男人的魅力。她並沒有告訴他她結婚了，也沒有告訴他她有一個二十多歲的兒子。他知道她已經成爲他釣上的魚了。

這個下午，一九九九年三月十七日下午。陽光很好。空氣彷彿流淌著冰凍紅茶的味道。透過櫥窗，他看見茶仙居對面的屋子上長著一牆的爬山虎，它們散著綠色的陰影。他記起，在以往，在火葬場工作的日子，爬山虎也爬滿了他們居住的宿舍的牆上。綠色的陰影搖晃著他，他感覺到他的心又隱隱痛了起來。

然後，他凝視著她放在桌子上的手，白晢纖細的手，他想握在手裡。那種感覺，像握著白玉。此刻，他的心怦怦地跳。他故作冷靜。他記得，每次給她打電話，聽到她的聲音，他會莫名地心跳。她磁性的聲音，就像電流一樣淌過他的心間。後來他看到茶仙居出入的女孩會把目光放在他臉上。那一刻他才明白，此刻他是一個帥哥，他戴著他的〇三三號人皮面具，曾經誘惑過那個女局長的〇三三號人皮面具。當然，外表如此英俊而開朗的「他」為什麼不能打動一個中年婦人的心呢？何況他心懷不軌。他要自己有高超的演技，一種自欺、欺人的騙術。他吸引女孩的目光。每當女孩注視他時，他會看到歐陽婉會稍微地昂了下頭，她的額頭彷彿閃著亮光，這個四十歲的女人，現在和一個年輕的帥哥約會，她會有什麼感覺？

此刻，他聽到她的聲音：「你看，女孩子都望著你。」他淡然一笑，說：「她們是被妳的美麗吸引住，還有妳的氣質……」她臉稍微紅了，把目光放在桌上的冰凍紅茶，一下子沉默了。她把頭轉過去，凝視牆上的一面鏡子。他注意到她的秀髮用一個白色髮夾盤在腦後，髮梢露出淺淺的絨毛，設想一下，他用嘴唇輕輕地吹噓，它們會怎麼樣的翕動。她很快把目光放在他的臉上，然後又垂下了睫毛。她恬靜。她整個人看上去像淑女。淑女。歐陽婉。淑女。歐陽婉……他突然聽到他內心響起了另一個聲音：「臭婊子！」他嚇了一跳，他想不到自己此刻會罵起她。然後，他看到那面鏡子裡映出了一個曖昧的笑容，那是他的笑容。此刻，她抬起了頭，向他笑了笑，看上去像蒙娜麗莎的微笑。他突然感覺到一種舒服，她的微笑讓他輕鬆起來。

然而，他不敢直視她的目光。他很快把眼睛放在茶仙居玻璃牆上貼著的紅字：「好生活，好味道，盡在茶仙居。」他的眼睛閃亮起來：「生活。味道。歐陽婉。好生活，好味道，盡在歐陽婉。」他突然覺得那幾個紅字晃了起來，就像歐陽婉的微笑在晃動。他知道自己必須行動起來。他突然大膽起來，手伸了出去，抓著她放在桌面上的手，握著。她臉霍地紅了。兩隻手彷彿著火了般，他聽到他的心跳。好一會兒，歐陽婉突然抽出了她的手，臉更紅了。他感到有些難堪：歐陽婉是怕羞，還是討厭他？這時，他聽到茶仙居響起了一陣音樂。他想不到此刻茶仙居會響起音樂。他努力聽那歌聲：「……梅蘭梅蘭我愛你，你像蘭花著人迷，你像梅花年年綠，看到了梅花就想到你……梅蘭梅蘭我愛你……我要永遠地愛護你，因爲梅蘭你有氣息。我要永遠地伴著你，今生今世都在一起……梅蘭梅蘭我愛你……」

這首流行歌此刻打動了他，他突然明白，歐陽婉不過是一陣風，不會再停留在他的身上，這個下午她不過停留在〇三三號人皮面具身上，停留在她的慾念裡。然後，凝視著她的眼睛，他心裡又一次浮起了那種聲音：「快點摧毀她，把她的皮膚剝下吧！」

28 伍木

應該說，女局長出差異地時，伍木喜歡跑到她的別墅裡去。女局長信任他，把別墅的鑰匙給了他。在他無聊的時候，他開始拿起女局長的藏書，說得準確點，都是一些關於領導階層內幕的現象與政論、人物傳記或色情小說等等，比如《沉重的父親》、《×××醫生回憶錄》、《×××上台揭秘》、《天怒》、《黃禍》、《金瓶梅》、《完全性愛手冊》……他翻閱著，他噁心著，他麻木著……他不知道那些所謂的揭密與歷史是不是眞的。

然後是，不再翻閱。他毀滅閱讀。漫長的無聊，閱讀更增添他對人生的無聊。你能說什麼是眞實？他記得有一天從報上看到這樣的一則新聞：手眼通天的坐檯小姐陳×，搖身一變成了××省荊門市掇刀開發區文化、廣播電視、新聞出版局副局長，並準備出任宣傳部副部長，但因怕顯現原形，竟然買兇殺人。據當地群眾反映，陳×一案純係權色、權錢交易的結果。作爲一個名聲很壞、行爲不端的女人，能憑假黨員、假文憑等全套假檔案冠冕堂皇地走上領導崗位，與時任荊門市委書記焦××和市委常委、宣傳部長吳××等主要領導人的縱容、策劃和幫助有關。

三陪女當上文化、廣播電視、新聞出版局副局長。他覺得那個三陪女是如此富於曖昧、富於戲劇性。你能說什麼是眞實？——眞實是他的無聊。眞實是他的無法眞實。眞實是女局長的無恥與腐敗……——眞實。厭惡與退卻：眞實在罪孽的黑暗中孕育，他也是。現在他無言了。這喧囂世界或許只剩下物慾的犬齒交錯。這眞實世界或許只剩下他的無法眞實……

有時候他居然羡慕女局長的無恥與腐敗。他覺得她的確是刀槍不入的。她的惡習已經超越一般意義的惡。古語說：「竊釣者誅，竊國者侯」女局長就是巧取豪奪的「竊國者侯」。一如她對他說的：「到處都是腐敗，十個高官九個貪，你不融入腐敗你就沒有立足之地。」現在她的身家已經超過了一千萬元人民幣。她年僅三十五歲。她一方面是體制裡標準的成功，一方面她又把體制看透了。你可以說她是一個人格分裂的人，但你得說她是一個聰明透頂的腐敗者、鬥爭者。她的信念是：沒有所謂的正義、良知與法律，只有利益的鬥爭，官場就是不流血的鬥爭，你一旦加入了某個圈子，你就等於上了某條賊船，風雨同路，共榮共損。還有的是：你一旦踏上了仕途，你得埋葬掉自己的個性與鋒芒，你得人云亦云，見風使舵，玲瓏八面……你在施虐與受虐裡活著，在所謂的體面與虛榮中活著。你不是你。

「我是不是太自我了？」現在他明白了。一絲微笑浮在他的嘴唇上。

很多時候對照著女局長，他覺得自己是太過眞實了。多年來他沉浸在人皮面具的創作中，他是太過投入在這種眞實的創作世界，卻忽視了許多世俗的享樂。他孤獨，他忘我，他成爲自己的放逐、世俗的廢物。生活具有騙人的虛妄，你活在自我的虛妄中，即使這種虛妄是眞實的。他曾在鏡中無數次凝視自己的面孔，那眞實的面孔，那不斷呈現衰老的面孔，現在，面孔昭示著：你的一生都是挫敗，你永遠是失敗者。現在他感到，一切都陷於虛妄的眞實，一切都逃不過人皮面具的宿命，他的一生。

他終於殺了女局長。

所有的殺戮都有一種戲劇性。伍木記得多年來他熱愛莎士比亞的戲劇。現在他成了某種戲劇的主角，就像一把晦暗的刀劈入了波光粼粼的水面。現在他很鎮定。在殺死女局長的一刻，他覺得有一種如釋重負的輕鬆。他說不清這是一種怎樣的心態。他想可能是他長久以來束縛於女局長那累人的身體。現在他徹底擺脫了。

29 伍木

他當然記得殺死她之前，他在她的別墅裡製造一個面具，他以為她是出差了。他於是脫下了〇三三號人皮面具，他喜歡以眞實的臉孔面對世界（當他脫下了人皮面具時，他就是陳森林。）但他沒想到她會提早回來。而且是神不知鬼不覺地繞到他的身後，她顯然是想給他一個驚喜，一個意外的遊戲。可是，她沒有想到，她看到的是一張陌生的臉，一張蒼老的、滿是皺紋的陳森林的臉。

當然，她還看到桌面上還有一張張裁得精妙的人皮，一張幾乎已經成形的人皮面具。那一刻，她尖叫。然後，她轉身想走。

然而，她卻被他抓住了。他一把抓住了她的頸脖，就像抓住了一隻驚慌失措的母雞。然後，他手裡那把鋒利的剪刀一下子奔入了她的下腹中。他弄不清自己為什麼那麼急著殺死她。他覺得殺死她是一種條件反射，一種自然反應。

那一刻他是冷靜還是狂野？他不想弄清楚。當他看著女局長在他懷中緩緩地死去時，他顯得冷酷。他毫無憐憫地看著她，就像看著一隻他屠宰的慢慢死去的母雞——她臨死時的呻吟，突兀的眼睛……直到她一動不動地躺在他懷裡，不再作最後的掙扎……

後來，他在房子裡漫無目的地走來走去。某種饑渴襲擊著他。他弄不清自己是不是有點瘋了。現在已經沒有轉彎抹角的餘地，他要走出女局長的別墅。他有點留戀地看著這偌大的別墅，在這裡，他留下的是恥辱。他聽到一陣悉悉索索的聲音，那是一隻蟑螂，他想不到這豪華乾淨的房子也會有蟑螂出現。他一下子騰出手，捏住了那隻蟑螂，那一刻他驚異於自己出手之快。

然後，他凝視著那隻蟑螂，凝視著某種憎惡的存在，他感覺到一種煩躁襲擊著他，然後他一下子便把那隻蟑螂放到口腔裡。他咀嚼著，像享受著某種快意地咀嚼著它。他弄不清自己爲什麼會這樣做。他想起和那個叫珍珠的妓女相處的時刻，他吞下了一隻蜘蛛。蜘蛛。蟑螂。蜘蛛。蟑螂。蜘蛛。蟑螂……他覺得自己是想盡全力使自己變得快樂。很快，他的身體變得輕鬆起來，他咀嚼到一種醉意：在這荒蕪的別墅，荒蕪的瞬間，他察覺到一種沉悶落在他的身上，彷彿大力地咀嚼那隻蟑螂能讓自己擺開那種沉悶。他想咀嚼一切，咀嚼能使自己變得寧靜的時刻，可是他卻越發覺得煩躁及有無盡的孤獨。他無法忍受這種煩躁。一切都消失了，女局長和別墅，陳森林和兒子。只有黑暗……他在黑暗中大力咀嚼著那隻蟑螂。他想受苦、想忘卻、想去更遙遠的地方……可是他只能咀嚼此刻的荒蕪。

又一次，他站到鏡子面前。鏡子裡，他看到一個陌生的影像，一個臉部痙攣般顫抖的幽靈，他看到他的嘴角流下了蟑螂的液汁。有那麼一刻，他突然嘔吐起來，他覺得自己在嘔吐著某種迷惘，一種快感刺激著他，他覺得越嘔吐越有快感，直到他看到腳下淌著一灘腥水，他覺得他的骨頭都在燒灼起來，直到憎惡產生。然後他戴上了一張新的人皮面具——〇三八號人皮面具，女局長的「臉」。事實上，他厭惡這張臉。但他還是製作了這張臉。他弄不清自己爲什麼要這樣做。或許，那是一種記錄，記錄下自己和這個可恥的女人的一段隱密之情。現在他成了女局長。他突然覺得自己變得更加可憎起來，因爲這張「臉」。然後，他把全身的衣服脫了下來，他享受著那種赤裸的快意，可是，他發現他的生殖器軟綿綿的，他開始用力撫摸著它，有那麼一段時間，它無法堅挺。他白晰光滑的皮膚開始泛出了汗水。那涔涔汗水彷彿告訴他，因爲那張女局長的「臉」，他無法堅挺。現在他覺得自己像穿上了一件喪服，在那喪服裡，他無法勃起。

他開始對女局長這張「臉」充滿敵意。於是他很快地換上了〇三三號人皮面具，那張英俊青年的「臉」。他望著那生殖器，它依然沉睡著，他突然覺得自己有些驚慌起來，然後他用手摸索起生殖器，這種機械的動作像調動他那扳得過緊的神經，很快地，他看到它醒了過來，它站起來了，像一根筆挺而有力的小米加步槍——他長吁了一口氣，長久地望著那筆挺而有力的小米加步槍。然後他再次凝視著那張女局長的臉，兩手抓緊它，想撕毀它。可是，他把〇三三號人皮面具剝下來，再次戴上了〇三八號人皮面具，很快地，他看見他的生殖器又軟了下來。他驚訝地剝下了〇三八號人皮面具，他長吁了一口氣，望著那像著了魔一樣的〇三八號人皮面具，然後，他嘿嘿地笑了起來。

30 伍木

他們來到女局長的別墅裡，那時候天色昏暗，誰都知道天氣預報說下午颱風會登陸K市。他們坐在走廊裡，看著天色，看著花園。在花園的草坪上，海棠開出了紫紅的花，美人蕉開得火紅。玉蘭樹、榕樹挺在花園的一角。珍珠看著這別墅，看著伍木，感覺到自己來到了一個世外桃源。她站在那裡，看著他，雙眼散出了肉慾的光芒。他靜默著，像一隻陷入情慾裡的野獸，他凝視著她。或許，這個女人挑起了他的情慾。或許，天氣昏暗，颱風將至，他勃起了情慾。他在走廊裡撩起了她的上衣，她兩個乳房，一顫一顫地閃著白光。他要她躺在走廊上，然後他跪在地上，觸摸、吮吸著她的乳房，她含著笑，她的肉體蠕動著……

這一刻，颱風來到了這個城市，風猛烈地刮著，大雨沖刷著一切。海棠、美人蕉、玉蘭樹、榕樹……在風雨中翻滾起來。整個黃昏似乎成爲了暗夜，灰濛濛的泛著黑光。

「你在哪兒?」他抬起了頭，突然發出了聲音。他聽到這種聲音散在內心裡，散在一種顫動的空氣中……他突然脫掉了襪子，脫掉了衣裳和內衣，赤條條地奔了出去，站在花園的草坪上。他挺著胸膛，伸著雙臂，迎著大雨，他象牙般的身體在雨中閃著光，雨點冰雹似地落在他的身上，濺出了一串串的音符，是的，他聽到那種音符，那種渴望著狂野的音符，他張著嘴巴，讓雨點落入口中，落在他的肚子裡……

這時候，女人走了過來，她也脫得一絲不掛。他凝視了她一會兒，然後他緊緊地摟著她，摟著她濕漉漉、有些溫熱的肉體，摟著這一刻的大雨。他們大聲地喊叫，發出了野獸般的喊叫。聲音迴旋在風雨中。

後來她掙脫他的手，整個人突然撲在地上，撲在草坪上的一個水窪裡，她的鼻子呼吸著那水窪的氣息，俯伏了好一會兒，然後翻過來，靜靜地躺著，望著天，讓雨水淋著她。她一動不動地躺在那裡，瞪著天空，後來她發出了一聲怪笑，翻滾起來。她來回地翻滾著，她發出了更開心的叫喊聲，她的秀髮、她的臉龐、她的身體沾滿了爛泥，她渾然不顧，彷彿感覺到一種深入骨頭的刺激。她不斷地在水窪中翻滾著，還用手掏著水窪裡的爛泥，然後塗在她的臉龐、她的乳房……她大喊大叫，像瘋了一樣。

有那麼一刻，他瞪著眼發愣，然後他含著笑意看著她，他的羞恥感消失了，他的一顆心沉下去了，沉在那個水窪裡，他撲了下去，在那個水坑中，他緊摟著她的身體，和她一起翻滾著，他聽到他們喘息在雨中散發出去，雨點像箭一樣射在他們身上，射出了一串串的白色的花朵。大風把一些枯枝、樹葉刮過他們的頭上。他驟然感到輕鬆，沉重的肉身彷彿變得輕盈，一切的累贅脫離了他的軀殼，他浸入了一種泥沙與淤水中，他成為它們的一部分，有那麼一刻他激動得幾乎流出了眼淚……

……

後來，他們靜默了，他壓著她，他望著她那雙眼睛，她那雙眼睛在雨中波動著，波動著，波動著，像歐陽婉的眼睛閃閃發光，一切融入了歐陽婉的眼睛的光芒中，她的臉在雨中紅了起來，她的雙眼……

「我愛你，我愛你……我愛你……」他聽到她的聲音響著，響著，響著。「我愛你，我愛你……我愛你……」他吻著她的唇，他用盡了全身的力氣吻著她的唇。她也是。

一種火似的情感焚燒起來，這種高漲起來的火焰舔著他的一顆心，一顆沉溺在這個水窪的心。這一刻他感覺不到羞恥，他聽到了一種召喚，那是肉體純潔的召喚，他和她享受著這種純粹的情慾的火，這是赤裸，兩顆心的赤裸，逼近了……兩隻野獸在大雨中，在大風中，在那個水窪中再度湧動起來，然後他進入了她的身體……他復活了他的感覺，他一切的感官，他整張臉孔光亮了起來，他看到她的眼睛有一種情慾的迷醉，他聽到風聲，雨聲，他們粗重的喘息聲，一切顯示了生命力的聲音，落在那個水窪中……

31 伍木

伍木的臉上起了一個膿胞瘡，他不知道是因爲最近挨了幾晚通宵，還是因爲不小心搔傷了皮膚而感染的，那個膿胞瘡像一座小山般，橫在臉側，紅腫腫的，按上去有一種厚實的感覺。他記得，對著鏡子，用手指甲去擠那膿胞瘡時，一股黃濁的帶血的膿液冒了出來，他哼了哼，手指再用力一壓，然後看見鮮血淌出來。

他知道不應該用手指甲去擠那膿胞瘡，因爲感染會更厲害，可是他控制不住去擠壓它，彷彿這樣，他會讓它更快點消失。

有了這麼一個膿胞瘡，他知道自己不能戴上人皮面具。也許有一個星期，他不能扮演白婉兒，不能扮演帥哥，不能和珍珠見面，不能和歐陽婉見面……一個膿胞瘡，剝奪了他戴上人皮面具的愉悅。他盯著那個膿胞瘡，像盯著一個仇人。他喘了口氣，現在他已經用棉花團堵住了那個膿胞瘡的傷口，還塗上了甲紫溶液。現在，他的臉側紫色一片，看上去像有了很大的痣。這使他那張臉越發顯得蒼老，那滿臉的皺紋越見凹深。

這是一個晴朗的早晨。這是星期天，今天他休假。他強忍著這個膿胞瘡帶來的折磨，站在窗子前，看見院子那株苦楝樹已經開出了淡紫色的花。他住在南郊新村。這是一個帶院子的平房。院子其實不大，一條鵝卵石道把院子分成兩邊，這邊種了一株苦楝樹，那邊幾乎都種上了茉莉花。自從他和歐陽婉離婚了，他就搬到這裡來了，不知不覺他在這裡住了十四年。當然歐陽婉沒有來過這裡。他的鄰居知道他是殯儀館的化妝師，害怕死屍的晦氣，更是從不和他來往。他喜歡這裡，寂靜，無人打擾，更適合他製造人皮面具。如果不是戴上人皮面具去外面走走，他偶爾也會以眞面目出門轉一圈，但外面好像沒有什麼東西適合他去玩耍，所以更多時候他是泡在家裡，或者製造人皮面具，或者看書讀報，甚至發呆。

現在他拿著那瓶甲紫溶液，看著上面的說明書：

【適應證】用於皮膚、黏膜化膿性及念珠菌性感染、潰瘍，包括口腔炎、陰道炎、膿胞瘡、濕疹、燙傷等。

【用法用量】外用。治療黏膜感染，用百分之一水溶液外塗，一日二至三次；用於燒傷、燙傷，用百分之零點一至百分之一水溶液外塗；用於手足鮮、甲鮮，用百分之一至百分之二水溶液外塗。

【規格】百分之一水溶液。

【貯藏】遮光、密封保存……

適應證？他怔了怔，他想應該是適應「症」吧！顯然是打錯了字。他想不到藥品的說明書也會弄錯字。他有點懷疑這瓶甲紫溶液是僞劣產品。又有錯別字！手足鮮、甲鮮應該是手足「癬」、甲「癬」。怎麼會犯這樣大的錯誤？他注意到那瓶甲紫溶液的生產廠家：K城恒健藥業有限公司。他笑了一下，哼，還叫恒健藥業呢！他越來越覺得手中這瓶甲紫溶液是僞劣產品。他打了個呵欠，看見那張破沙發上橫著那本李綠園的《歧路燈》，他已經看了一大半，這是他從兒子的出租屋拿回的。他還記得兒子對他說，你別老看《紅樓夢》、《西廂記》、《歧路燈》也挺有意思。事實上，他喜歡看小說，以前他經常買各類小說，當然，隨著年紀的增大，他更喜歡看中國的古典小說。

他放下了那瓶甲紫溶液，又一次拿起了《歧路燈》，隨意翻閱起來，據說《歧路燈》寫了二百多個人物，可是他似乎記不住任何一個人物，他不知道兒子說的「挺有意思」是指那一方面。這一刻，他讀到一個注釋：「斷袖之寵，指男寵。據《漢書．佞幸傳》：漢哀帝寵愛董賢，嘗共晝寢，董賢壓在漢哀帝的衣袖上睡熟了過去，漢哀帝想起身，又怕驚動董賢，遂把自己的衣袖割斷而起。後世把男性變態性愛，叫做斷袖之寵……」他往下翻了幾頁，又看到一個注釋：「劉邕，南朝宋人。據記載，他有一個奇怪的嗜好，愛吃瘡痂，說味道和鰒魚相似，一次他到孟靈休家裡，孟正患炙瘡，瘡痂落在床上，他取過來就吃掉。他還讓他的下人互相鞭撻，生瘡結痂，好用來下飯。（見《南史．劉穆之傳》）後世稱乖僻的嗜好為嗜痂……」這時，他放下了《歧路燈》，對著牆上的鏡子，看著那個膿胞瘡，他想自己是不是也把那瘡痂剝下來，好好咬齧一下？我也有嗜痂一樣的嗜好？然後他朝鏡子中的他作了一個呲牙咧嘴的鬼臉，他看到滿臉的皺紋，就像縱橫交錯的蜘蛛網一樣，這張蜘蛛網凝固了一個幽靈，那是陳森林的幽靈，一個蒼老絕望的夢……什麼時候，我消失了？一時間裡，他呆立在鏡子面前……然後他抬起頭，看著那個櫃子裡擺放著大大小小的香水瓶子，那都是茉莉花香味的香水。他拿起一瓶香水，輕輕按了幾下，屋子裡一下子瀰漫著茉莉花的幽香。然後他扭過頭來，看到院子裡落了一地的苦楝花，看上去像鋪了一層淡紫色的毯子。那些長得茂密的茉莉花，已經開花了。

突然間，他聽到窗外傳來了孩子玩鬧的聲音。他聽見他們清脆的聲音，他們在背繞口令：「瓶碰盆——這邊一個人，挑了一擔瓶，那邊一個人，挑了一擔盆。瓶碰爛了盆，盆砸爛了瓶，瓶不能賠盆，盆不能賠瓶……顛倒歌——咬牛奶，喝麵包，夾著火車上皮包。東西街，南北走，出門看見人咬狗。拿起狗來打磚頭，又怕磚頭咬我手……」他笑了笑，孩子們的聲音讓他再一次想起了兒子，他拿出了那張照片，那張唯一的全家福的照片，歐陽婉抱著還是一歲的兒子和他站在火葬場那個宿舍門前合照的，他們的背景是那些茉莉花。在照片裡，兒子露出了很甜的笑容。歐陽婉睜著大眼，含著笑意，他幸福地笑著。這一刻，他莫名地有些激動，陽光從窗外撒了進來，撒在那張照片上，歐陽婉的臉在閃閃發光，他用手指輕輕地摸著她的臉，他感覺到時間凝固了，彷彿是這樣的情景……然後門打開了，一股茉莉花的清香撲面而來，歐陽婉出現在他的眼前，她的頭頂有一圈亮光，她明亮照人的臉龐，和陽光融合在一起……

32 我

一九九九年六月一日下午。這天是國際兒童節。我沒想到母親會光顧我的出租屋。往昔，在她面前，我是一塊沉默的頑石。我不願跟她說話。我總在逃避她，她的關切，她的一切。

現在我知道她是可憐而寂寞的。據說她現在的丈夫已經在外面包了「二奶」、「三奶」，「二奶」

生了一個女兒，「三奶」生了一個男孩。據說，爲了抗議現在的丈夫，她搬出去外面住。

當然，母親看上去依然美麗，四十多歲的女人看上去只有三十歲。但她不再擁有少女般的純情與笑容，她活在她的蒼涼、寂寞與憔悴裡。在她內心的一隅，她是否懷念父親對她最初的純情、深刻而執著的愛。她曾經爲了一份自以爲是的愛情（或者是一種意味深長的物質，我卑鄙地這樣認爲）去通姦，不顧一切地離婚、再婚。最終被這份自以爲是的愛情拋棄了，她現在的所謂丈夫，用他本能的行爲傷害了她自以爲是的高貴、美麗與激情。我知道母親明白我獨處的意義，我不過想活在更爲孤獨而純粹的藝術與想像的空間裡。

「你越來越瘦了……」母親說。

「我知道，人比黃花瘦，但我的精神世界卻越來越肥胖。」我望著打扮得高貴得體的母親，我眞的有些可憐她。

「妳很寂寞。」我又說。

母親垂下了眼瞼，望著她纖纖的十指說：「你現在有女朋友嗎？」

「我愛上了一個娼妓，她很美。」

「你瘋了，你……」母親的眼裡閃過一縷驚詫。她的聲音在戰慄。

「妳體驗過愛的瘋狂嗎？我想妳體驗過。當初妳和妳現在的丈夫通姦的時候就體驗過。不是嗎？瘋狂的愛可以毀滅一切。甚至母親可以拋棄兒子。現在妳寂寞了，甚至快要死了。沒有比一顆心的麻木更接近死亡。現在妳爲什麼不再去通姦呢？去反抗妳現在那人渣一樣充滿銅臭的丈夫？妳在發抖。這沒有什麼可怕的，也沒有什麼可恥的。人永遠爲自己而活著，自己的欲望，自己的卑鄙。道德不過是一種幌子。妳以爲我在指責妳過去的通姦嗎？沒有。我只希望我能看到妳的快樂。我已經長大了。我不再是那個只懂得憎恨妳和妳現在的丈夫的男孩。我理解妳過去的行爲欲望。妳去通姦吧。去反抗那個可惡的丈夫，去反抗妳現在可惡的、死氣沉沉的生活。爲什麼不去呢？性愛的歡愉雖然只得一瞬，但一瞬已經超越永遠。我寧願死在一瞬的歡愉中，也不願死在妳這種可惡的、死氣沉沉的生活……」

我看到母親淌下了眼淚，無聲的眼淚像一道寒光刺入我的眼睛。我不明白自己剛才爲什麼那麼激動、那麼言語滔滔。但那確實是我的眞心話。

「謝謝你。」

母親突然間說了這麼一句。我禁不住吃了一驚。我盯住了她。

「其實我有了一個外遇。一個年輕人喜歡上了我。他很英俊。他看上去才二十六歲。我看得出他對我充滿欲望，但我並沒有和他發生性關係。我不知道怎麼辦。我感到興奮又感到恐懼。天啊！我在說些什麼，我居然和你說……」

我看到母親整個身子在顫抖。我理解她此刻的激動、緊張與不知所措。一個母親居然和她的兒子在說……你見過嗎？我想誰也沒有見過。這是多麼荒謬、多麼可笑啊！但我卻深深地感動了，爲母親、為自己。

那一刻，我走了過去。我擁抱住了母親。我嗅到她身上飄著一股茉莉花的清香。母親的一瞬間我覺得我的十個指尖在觸著世界的顫抖。我感覺到她一顆心在哭泣，為剎那內心殘存的一點欲望與尊嚴而哭泣。在這個虛假與欲望橫流的世界──即使是母與子，也難以眞情流露、眞情對話──我們這點眞實的擁抱、眞實的溝通似乎顯得有些沉重、可笑與不可思議；但又是那樣的難能可貴、眞實與親切。──這又是多麼和諧、多麼理想、我深深的嚮往的一種人類社會關係。

我永遠無法忘卻我與母親這一擁抱。

33 我

當我剝下面具時，我突然發覺自己有了一股異常的力量。我不再是一個文質彬彬的白臉書生，而是一個粗魯、富有野性的人，像我的臉一樣凸凹不平、猙獰。在鏡中，我看到我的眼睛變得銳利而兇狠。我突然想到：面具是生命的熱愛或恐懼，對人群的仇視，對謊語癖和精神分裂症的放縱，對正在垮掉世界裡的癡心夢想的沉醉。面具好比暴力，瘋狂的自戀便在膽妄的空隙中追逐自身──這一切聽起來像是一種智力遊戲，一個放縱白日夢的形式──一旦有了具體的形式，具備了瘋狂的形態，稱為膽妄或毀滅。

一刹那，我覺得我肆無忌憚，生性好鬥。我覺得我像一個暴徒。

於是，我走出出租屋。

現在。午夜。我行走在大街上。夜風吹撫著我的臉，眞實的、赤裸的臉。我感到涼絲絲的。我有一種痛並快樂著的感覺：我的心曾經被扭曲了。現在我是我。我回到自己的眞面目。你用你眞實的臉孔面對世界時，你會覺得你是眞實的。而不是隱藏在虛僞中。即使你是醜陋的。

我突然想到一個行爲藝術家馬六明（三十一歲）。近三年他在世界各大城市，如紐約、東京、慕尼黑、雅加達等地都重複同一個行爲藝術表演。他把自己的面孔化妝成女子，全身赤裸，一絲不掛地坐在表演台上，讓觀眾輪流上台與他合照。他的表演一本正經……還有一個藝術家盛奇（三十五歲）。一九八九年，把自己的左手小指砍下自殘的藝術家盛奇，結束倫敦留學八年的生活，自我放逐返國後，在一次行爲表演中，他身穿軍裝，胸前佩帶愛滋病基金會的紅絲帶，整個臉和頭被紅布包裹，下半身赤裸，生殖器上裹有紗布，並繫有一條長線，把它與陽具連接在一起。——這一刻，我想到，裸露的美、變異的美、想像的美。一個異己陌生的世界。你從陰影中把你窺視……如果說藝術意味著你以非習慣的方式去理解事物，那麼這種理解刺激著你的想像力，層出不窮的驚訝所造成的美，世界會在你的面前狂喜地扭動。

三分鐘以後，我又回到難堪的長相中。看著街上行走的女孩，我禁不住忖想：她們會驚恐我的長相嗎？難道一個人的長相會影響一個人的性格與情緒？我的骨子裡潛伏著好鬥的天性？現在我把面具取了下來，那麼我會如何眞實的呈現我自己？我的靈魂不再學會掩飾？我已經自由自在？……我走著，走著。我渴望能擺脫一切。一路上，我覺得自己處在一種東張西望般的思考中。如果我因被我的感情挫傷而生活著，那麼我將成了一頭沒有目標偷偷摸摸的蟑螂，只能在午夜中行走。

後來，我走進了大蝙蝠酒城。我走進了黑暗與閃電交錯的世界。舞廳裡，人頭湧現，電光閃閃，那強勁刺耳的音樂立即淹沒了我。我知道現在白紅是這裡的領舞DJ。每逢週一、週五她會成爲這裡的領舞DJ。她說過，舞蹈讓她找到了生命，找到了幻想。

「誰都是一走不回頭，醜陋留給塵埃，美麗在心頭，花花世界有我的海市蜃樓……」一曲〈花天走地〉此刻震天般地響。此刻白紅正在台上瘋狂地舞著，她整張臉充滿了醉意，她搖晃著小腦袋，扭著小腰肢，猶如一條小蛇噴射出火焰……越來越扭曲的火焰……一陣陣波浪式的火焰，她似乎靠它躍到遙遠的幻想中……事實上，所有的舞者陷在一種幻象中。這由電光與音樂構成的幻象。沒有睡眠的塵埃。沒有束縛的軀體。黑暗中閃閃發光的刀子。隨著音樂的節奏，舞出狂瀾……

此刻我不跳舞。我站在舞廳的一角。我只是看著白紅。

無疑，我被關進了自己的監獄：一個陌生的世界。只有我知道自己是誰，就像吃剩下的半截煙頭，我成爲自己欲望的囚犯。

這時我看見了一個人。是警察林一。令我驚詫的是，他居然盯著我。我想是我的臉吸引了他。畢竟我有著一張十分猙獰的臉。我見到酒吧的人都會不自覺地望一下我。我想林一留意起我是不算出奇的事情。或者他們都以爲此刻我戴著一張面具。

現在林一來這幹什麼呢？

我發現他不時盯著白紅。他對白紅有意思？像白紅這樣的美少女，是男人都會色瞇瞇的。

現在我已不是我。林一當然認不出我是陳B。

突然間，我聽見有人尖叫起來。舞廳猛然大亂。

死亡突然降臨在這裡。一個少女突然橫屍在舞池中央。人群中有經驗的人說，她是吃了過量的搖頭丸。沒有震驚地，我覺得這很平常。我想我變得冷血了。或許是我從小出入火葬場，見慣了死亡。

林一這時成了場上的主角。他高聲說他是警察。場內漸漸安靜下來。舞廳的大白熾燈都亮了起來，白慘慘的一片，照得人的眼睛有點酸。舞廳的人都圍在死屍四周，議論紛紛，有些傢伙甚至露出了嬉笑。

一個穿著花俏襯衫的少年嚼著口香糖，走了過去。他歪著臉，聳著肩，嬉笑著對林一說：「你是不是眞的警察啊？」

林一瞪了那少年一眼，突然抓著他的衣領，從口袋拿出他的警察證件，使勁地晃了晃，說：

「我是不是警察？」

林一把聲音吼得很大，彷彿要把那少年的耳朵震聾。

那少年撇了撇嘴，又說：「警察很了不起啊，又不是我殺了她。」

那少年蠻不在乎地盯著林一，口裡繼續嚼著口香糖。這時，旁邊幾個少年吹著口哨，齊聲附和起來。

我看見林一瞪著眼睛，手裡還抓著那少年的衣領。他站在中央。他的臉在白熾燈照耀下居然顯得紫紅。一班少年圍著林一，像看猴子一樣。我覺得警察林一現在眞像一隻猴子。

沒有什麼比得上一班蔑視警察的少年更好玩、更冷酷的了。他們只關心即時的快樂。一個美少女突然死在酒吧，無疑是一件比跳舞更好玩、更富於午夜色彩的事情，就像在那些警匪片中，你遭遇到了刺激性的場面。

林一突然間把那少年狠狠一推，推到一條柱子上，大聲說：「我懷疑你藏毒，給我好好站住。」也不管那少年怎麼反抗，林一按住那少年，便去搜索他的身子。

這時，我看見白紅站在場中。她臉色有點緊張。我猜想她是不是吃了搖頭丸。我的目光跟蹤著她。我發現她神色慌張地遠離了那些好事者，走向一個出口。

於是，我跟了過去。

34 我

白紅在前面走著，我在後面跟蹤著她。夜色陰森。「夜色陰森」這四個字浮入我的腦海裡，我感覺四周的空氣散發出一種稀薄的詭異的沉悶。我甚至覺得自己會不聲不響地消失於這個世界。此刻，白紅的形象逼迫著我。事實上我不理解白紅。我剝離了現實。深深吸引我的是，她那病態般的想像力，她的嬌豔。現在，我覺得那是一種本能。一種戰慄。現在我明白了，她是一個吸毒者，一個吸食軟性毒品的傢伙，像搖頭丸、K仔等等。我在這個午夜看到了白紅的另一面——一個黑色的天使。在此之前，我可沒有感覺到，一點也沒有。我無法覺察到這點。

現在，我看到了，她站在一夥男孩之間，其中一個傢伙正往手臂上紮著針筒。這是一條偏僻的小巷，她站在那裡，抓住一個胖子的頭髮，胖子被反縛住雙手，兩個十八、九歲的男孩用西瓜刀點著那胖子的臉。此刻，胖子就像老鼠一樣，給逮住了。可以肯定的是，此刻胖子在顫抖。此刻白紅的姿態告訴我：她不再是男人眼中的小可愛，她要主宰這個世界。現在，她說話的神態讓我怦然心動。我是說她現在像一個黑幫老大一樣。她不斷地用手指戳著那個胖子。我不能確切地聽到她的聲音，她面對著我，現在我可以隱藏在角落裡目睹著她的舉動。

此刻，我覺得自己找不到解答：白紅以另一種面目出現在我眼前，她會與賣毒品的人有所關聯。就像我脫下人皮面具一樣，她成了另一個她。白紅變幻著角色，她那曾經毫無忸怩的天真形象，與此刻的黑色天使形成了一個明顯的反差：她的形象消失了，另一張臉浮了上來，她的眼睛閃著兇狠的光芒。至少現在我能感覺到她這種像兇器一樣的目光。就是這樣。這來自心靈深處，並且已經發生。如果對恐怖一無所知，就像在情慾上保持童貞一樣。現在，我似乎捲入了一個漩渦之中。

突然間，我看到她猛地從一名男孩的手中奪過尖刀，砍在那個胖子的胳膊上，我聽到胖子發出一聲慘叫，然後成了一個揉皺的紙團，整個人跪了下來。她則若無其事地扭轉身子，然後一反手，寒光一閃，她手裡的刀又劈在胖子的胳臂上，她昂著頭，突然朝我這裡望了過來。我摒住了氣。此刻我感覺到她真的像一隻狼。

然後，我看到，她把刀遞給那個男孩。然後兩個男孩手起刀落，昏暗的燈光下，我似乎聽到血飛濺的聲音。兩個男孩手起刀落，就像砍剁豬肉一樣，刀子雨點般地落在那個胖子身上。胖子發出慘叫，就像一頭豬跌跌衝衝地往前走。兩個男孩卻嘻嘻哈哈地拿著刀往他身上砍下。白紅站在一旁吹起口哨，那是鄧麗君〈甜蜜蜜〉的調子。我想不到她現在會吹起這樣的調子，我直覺到她像享受著陽光下和煦的空氣一樣，她是那樣輕鬆；而此刻的我卻像陷入一種昏暗的顫音中……

35 伍木

那天，伍木去了珍珠的出租房，送給她一支高級的茉莉花牌香水。他希望在她身上能聞到茉莉花的香氣，而不是那種廉價的香水味（珍珠身上那股濃烈的廉價香水味，總讓他感到氣悶）。那時他看到她的雙眼明亮，她激動得胸脯一起一伏，這讓他驚訝起來，一點小禮物，就讓這個女人如此驚喜。他還送給她一隻銀手鐲。銀手鐲是從女局長的別墅拿來的，女局長的手飾多得像牛毛），她歡喜地戴上那個銀手鐲，那個銀手鐲在她白皙纖細的手臂上閃閃發光，像一個手銬——這讓他驚訝地意識到，珍珠好像成了他的犯人，那個銀手鐲銬住了這個女人。或者說，珍珠犯病了，一個妓女湧出了愛情，她對他產生了感情。和珍珠在一起的日子，有時候他覺得是倆人在度蜜月，他像一隻蜜蜂，採擷花朵……

她把頭髮往後捋了捋，拿出了一罐啤酒，慢慢飲著。她不會喝酒，可是她陪他飲，她喝了那麼幾口，臉上發紅了，像一朵紅玫瑰。他望著她，覺得她越發可愛。這個女人，浸在愛情的酒精中？他朝她瞥了一眼，拿起了一罐啤酒。自從認識他後，她買一些啤酒，等待他的來臨。她知道他喜歡喝啤酒，他灌了一口，感到臉上發熱。然後，他輕輕按動那支茉莉花牌香水，一股茉莉花的清香沁入肺腑，他陶醉其中。透過窗口，他看到不遠處有一株紫荊花，紫紅色的一片，開得特別熱烈。然後，他把目光落在她的身上。她的口紅塗得很紅。她穿了那件一身玫瑰花的裙子。她戴了一隻大耳飾，那是一顆紅心的大耳飾。此刻，那顆紅心閃閃發光。這種粗俗的打扮讓他逮到一種世俗的存在。他覺得她不會打扮，可是他喜歡她這種豔俗的裝飾。

有時候他覺得她有一種憂鬱的氣質，她的小眼睛在陰影裡閃亮，她看上去像一個歷盡滄桑的女人。當然她是個結過婚、又喪失了丈夫的女人。他記得她說過，她很想要一個孩子，她甚至想在她的客人當中懷上一個孩子。她說沒有生過孩子的女人不是真的女人。那時他說，你只想要孩子，不怕孩子沒有父親嗎？她說，我不知道……我只想要一個孩子，我做夢都想要一個孩子……

事實上，她是他一直想尋找的物件，那種豔俗的情慾的物件：在她身上，你可以做想做的事。在這個城市，只有這野性的身體會滿足你。她，一個妓女，讓他成爲男人。這種看法落在他的身上，的確是。他在這裡不是嫖客，而是妓女的情人。她服侍得他好舒服。他是她的國王。她對他說過，他是個謎。他告訴她，他在一個公司當經理。

他不知道爲什麼要這樣說。也許他想更有力量佔有她的心。

這些日子他沒想過要抑制激情。也許有一天，他會離開她。他想過：「我們從來沒有開始，只有結束。」他感到他是一個將死的男人，有時候他覺得，再過一個月，他就會死去。

他記得那天和珍珠去看電影，他不記得那電影叫什麼名字了，只記得那是一部李連杰主演的香港動作片。當時他們坐在偌大的電影院，感受一種空曠的黑暗，電影院觀眾少得可憐，只有零星的幾個人。他記得十幾年前和歐陽婉看李連杰主演的《少林寺》，那時觀眾把電影院擠得水洩不通，電影院裡座無虛席，連通道上也站滿了人，他還記得歐陽婉看《少林寺》時，整張嘴陷在快樂中，發出啊啊的聲音。那時，坐在黑暗裡，看著李連杰拳腳交加，把敵人打得嗷嗷直叫，歐陽婉那張嘴巴浮現起來，她的眼睛盯著他的眼睛。珍珠則傍在他身邊，吃著「栗一燒」。在黑暗中，歐陽婉的臉越來越清晰地浮現著，她的臉似乎切割著李連杰的臉，他感覺到自己不是在看電影，而是在看歐陽婉，於是他揉捏著珍珠的乳房，愛撫著她身上的皮膚，彷彿這樣的動作可以讓他忘卻歐陽婉襲擊他的記憶。後來珍珠俯了下去，拉開了他的褲鏈，用嘴巴含著他那東西，就這樣，他的精液撒在光與影裡，撒在李連杰吼出的聲音中……

36 伍木

陳森林開始戴上了那張○三八號人皮面具，現在他成了女局長。他對著鏡子審視著「女局長」，這是一個復活了的女局長。然後，他擠眉弄眼地衝著鏡子作了一個鬼臉。他覺得自己竊取了一種劊子手的等待，或某種使人顫抖的秘密。

現在，他決定出席鄭市長召開的會議。半個小時前，鄭市長打通了女局長的手機，他說：「一個小時後，我們要召開一個會議，對付賈平靜這隻老狐狸。妳來老地方吧！」那時他禁不住怔了怔，他知道女局長和鄭市長是一條道上的蚱蜢。他曾經聽女局長說，他們要對付的是市委書記賈平靜。賈平靜老是像螳臂擋車一樣擋住他們快活的理由。陳森林明白到官場是你死我活的鬥爭。那時候，他模仿女局長的聲音說：「我的車子壞了，你叫你的司機半個小時後到我的別墅來接我。」

他本來是想徹底離開女局長的世界。現在他卻有了一種想法：他要進入女局長的世界，那個官場鬥爭的世界。他弄不清自己爲什麼要這樣做，他想可能是自己對於那個世界充滿了好奇。或者說，他需要一次冒險，刺激而好玩。然後他進入那上流社會的罪惡之地，那裡遍地黑暗，滿佈罪孽一樣的陰謀。他目睹了，他了如指掌。他就像揭盅一樣進入一個未知的謎。

現在他身臨會場。那是鄭市長的別墅，比女局長的別墅有過之而無不及的別墅。在座的還有電視台台長「楊大鱷」、公安局局長「陸大鱷」。他早就從電視裡看過鄭市長是一個禿頭的傢伙。自從和女局長認識之後，他一直關心當地的官員，有時也會留意當地電視台的新聞報導。特別是這個禿頭鄭市長，總是以一副爲民請命、關心百姓疾苦的形象頻繁曝光螢屏。那時女局長私下裡喜歡用「鄭禿頭」或者「鄭大鱷」來稱呼鄭市長。現在，他接近了本市有名的三條「大鱷」。

屋內煙霧瀰漫。三條「大鱷」此刻抽著雪茄。鄭禿頭首先告訴了陳森林一個壞消息：今天早晨，電視台的女主持人白安然被殺於家中，那可能是一場謀殺。鄭禿頭說：「兇手可能是衝著我來的。他們先下手。」

陳森林早就知道白安然是鄭禿頭的情人。現在，鄭禿頭懷疑殺害白安然的人是市委書記雇用的兇手。他們的目的是想在白安然的家中殺死鄭禿頭。然而那天，鄭禿頭突然變卦，去了另一個情人的家中過夜。陸大鱷也以一副肯定的口氣說：「這是一場蓄謀已久的謀殺。據刑警偵查，兇手對白安然所住的大廈地形非常熟悉。」

「問題是我們怎麼樣避謠？」這時楊大鱷說道，「整個城市的人都在談論白安然被殺事件，有的甚至把矛頭對準了鄭市長。我們要有所行動。難道我們計劃的『A計劃』不行動了嗎？」

陳森林很快知曉了「三大鱷」的「A計劃」：原來他們一直不滿市委書記賈平靜的越軌行爲，比如他們最近策劃的鉅額走私，居然被賈平靜的得力跟班海關關長王胖子絹下了（誰都知道市委書記是這個城市走私的背後大鱷。現在，賈平靜居然公然挑戰鄭市長）。他們更得知，賈平靜搜集了他們貪污枉法的證據，送往上邊的紀檢。幸好，他們上面有人，暫時將這「問題」壓下來。當然，他們也知道，賈平靜在上邊也有強硬的後台。事實上，他們的鬥爭其實就是上邊兩大勢力的鬥爭地方化而已。鄭市長和賈平靜只不過各自爲其主鬥爭罷了。所以他們最近有一個「A計劃」，就是雇用殺手去謀殺賈平靜，來徹底剷除他們的眼中釘。他們沒有想到賈平靜會先走一棋，派殺手到白安然家來殺人。幸虧，鄭市長逃此一劫。

在商議了執行A計劃的具體細節之後，他們開始嘻笑起來。他們開始嘻笑女局長最近是不是貪玩帥哥而消瘦起來。伍木沒有想到自己化妝的女局長，顯得瘦弱。他知道女局長以前就是鄭市長的情人。於是，他嗲聲嗲氣地說：「誰叫你們都不和我玩呀。」

鄭禿頭笑著說：「上星期妳還說，自己包了兩個帥哥，其中一個是小白臉，另一個好像還是挺有名氣的歌星。咱們都老了，都比不上妳。」

伍木又說：「哼，你們只會老牛吃嫩草。」三個大鱷嘿嘿笑了起來。

陸大鱷說：「其實俺也想和妳玩呀，就是老鄭不准俺和妳玩呀。還說妳是獨孤求敗，床上無限風光。」

楊大鱷說：「老鄭你可是男人四十五，正是下山虎啊。聽說你的四姨太懷上了你的第三個孩子啦。小弟眞是佩服呀！小弟至今只有二姨太爲我生下一個女兒啊！」

這時鄭禿頭得意地大笑起來，嘴裡卻說：「你們吶，就別拿她開玩笑了，也別拿我開涮了。她可是女中強人，咱們三個人都不是她的對手。」

於是，伍木也跟著他們笑了起來。有那麼一刻，伍木覺得自己被笑聲吞沒了，在他面前晃動的是幾張像鱷魚一樣的臉。

37 我

女主持人白安然死於謀殺，這個頗多緋聞的公眾人物一死，整個城市的神經末梢都被刺激得興奮起來。這成了街頭巷尾、茶餘飯後的笑談。聽到這個消息，我很平靜。在這難以想像的今天，謀殺已經不是電影裡的專利，現實中的謀殺比電影更有過之而無不及。在這個時代沒有什麼事情是不可能的。也許哪一天你一覺醒來，發覺自己的臉也閃爍在蒙德里安的繪畫上。那就讓我們學會販賣高潮，販賣一切，包括你的隱私。只要你學會掩飾、複製和抄襲。那天，項英雄用一種肯定的語氣說：「白安然一定死於謀殺中。一定有買兇殺人的幕後黑手。」事實上，街市早就流傳女主持人和市府裡幾個當紅官員有曖昧關係。當然流言歸流言，誰又知道幕後的眞相。對這種黑暗，你瞭解得越多，你對世界越發失望。有時候城市的緋聞就像咒符一樣緊抓住你的思想，讓你明白城市是由兇殘、殘暴、色情、死亡等詞語組成的。或者說，城市隱藏著一種看不見的蛆蟲，這種蛆蟲讓我們的生活變得腐臭不堪。

這幾天我沉湎於項英雄的紋身：我不斷地問自己要不要紋一個？是的，我沒有想到項英雄在胸部紋了一個張著血紅舌頭的三角形蛇頭。現在他對紋身充滿迷戀。他覺得紋身是一個陌生者的安慰，使你神經不致於衰弱，思惟不會衰退。（難道項英雄試圖依靠紋身挽回他失去的記憶？他享受紋身？或者，紋身，一頭籠中獸，披滿了憂傷；紋身，一種野性的負擔，它源自心靈的受苦、受累、受騙……）……項英雄說：「紋身給我帶來力量感。當柔滑光潔的皮膚紋上了一個張著血紅舌頭的三角形蛇頭，就好似成了一個有暴力的人。」──一個有暴力的人？像紋身一樣披滿了暴力？這讓我想到我剝下人皮面具時，我成爲一個猙獰、粗暴而眞實的人，這好比，一隻激情四溢的野獸伏在我的心間，那是我的秘密、我的主人、我的敵人、我的生命。換個方式說，有時你像一隻受驚的野獸突然停下，你會看到自己身上湧現一種痛苦的忍讓、幻覺的嗜好、說謊的蓄意……這就是，如果不讓內在生命力迸發出來，你將拘束思想，毀掉自身。

有時候，我注意到項英雄那張蟹臉，那像斧頭一樣的側面，讓你感覺到他是一個缺乏睡眠而精力旺盛的人。他看起來像一個殺豬的屠夫。項英雄常常勾引有夫之婦。我懷疑他有戀母情結。他說過：「情慾的選擇重在肉體，而不在於情感。和女人相處，其實是攫取對方的心，你必須瞭解對方的秘密和隱藏的慾念。」他常說，戀愛其實就是表演，表演你虛僞的眞我。是的，項英雄不再扒別人的錢包，他的性慾卻一天天地旺盛起來。對有夫之婦他是樂此不疲，有一次他甚至被一婦人的丈夫拿西瓜刀追過了幾條街。你想想，那樣戲劇性的情節眞的很帶勁。當然，遭遇種種險境，他依然賊心不死。更讓你哭笑不得的是，項英雄喜歡收集女人的陰毛，他喜歡撥下每個和他發生關係的女人的一根陰毛，這似乎成為他的一大癖好。他把那些陰毛都放在一個集郵本上，並標上每個女人的名字。他說過，希望在三年之後，能收集到三百六十五根。那時，翻閱他那個題為「白夜」的集郵本，看見一根根形狀、顏色各異的陰毛，我懷疑項英雄是一個詛咒愛情、高尚和夢幻的傢伙。他開影樓的錢據說是女人贊助的。他的確是一個泡女人的高手。和項英雄泡在一起，完全使我擺脫了那種正經八百的情緒。我喜歡上他身上那種玩世不恭的味道。

38 我

回到項英雄的場景吧——現在項英雄上場了。

項英雄赤著上身，胸前那個張著血紅舌頭的三角形蛇頭的紋身閃閃發光。項英雄，這虎背熊腰的屠夫不再甘於當一個旁觀者。他要用他的拳頭來埋葬這個午夜。

我沒有阻止他。我尊重他的拳頭。我知道他不過是想擺脫內心的某些東西。即使這是徒勞的事情。

破壞性的狂野氣息在這地下酒城裡發酵。這是非法拳賽。這是一個賭窟。如果你相信你的拳頭，你可以登上擂台，如果你贏了，你可以獲得全場的喝采和一萬元的獎金。當然，你可以當一個旁觀者，可以盡情地向這裡的老闆押上你的賭注。

我們常常出沒在這賭窟。它吞沒了你的金錢。它是你的夢幻與生活，是午夜快樂的展銷地與聚集地。它不屬於膽小怕事、縮手縮腳的人們。當然它或多或少泛著骯髒的殘渣、暴力的痛苦。對於來這裡的人來說，那是次要的、平常的，甚至是魅力的所在。在這裡，你的感官得到開放，你是一個放縱者、一個賭徒、一個蔑視道德的傢伙，一個瞬間的快樂者……

在此之前，項英雄對我說：他記起他的家鄉了，他的家鄉可能是在T省Q縣L鎮某個鄉。可惜他記不起這個鄉的名字。他還記得他是一九九八年八月離開家鄉的，他記得那時的家鄉已經不堪入目了。一些所謂的鄉村幹部把那條村搞得烏煙瘴氣——亂收費、亂攤派、亂罰款、亂挪用公款，勤勞的農民只有出走，掙扎在道貌岸然的城市裡……（就像有人大義凜然地提出：警惕基層組織黑社會化？）項英雄一再強調，如果說城市是一個垃圾場，那麼他的鄉下也是一個亂七八糟的廢墟（陰鬱、灰暗、麻木、死寂？）。反正一句話：「從城市到鄉村，腐敗泛濫成災。」現在項英雄覺得自己是一個無家可歸的人。項英雄還記起他以前喜歡寫詠歎田園的詩歌（他眞的寫過詩歌？）。現在他覺得自己的家園早已經被摧毀了。後來，項英雄擠著苦笑對我說：「你的寫作有什麼意義？你寫這些東西有什麼意義？中國的寫作沒有現實主義，只有僞現實主義。貧乏的中國文學就是如此。所以中國作家都是貧血的。我們都是。我們只有死氣沉沉的文字……」那時候，我望著項英雄像一個憤怒青年般滔滔不絕，我覺得他似乎太可愛了。有時候我覺得他眞的不可思議，不時泛起一些讓人吃驚的記憶（我甚至猜測這些記憶是他故意編造的）。要知道，項英雄看起來像一個庸俗的屠夫。

現在項英雄血紅著眼睛，盯著他的敵人。他的對手，綽號「閃電王」，曾在這裡連續打贏了十三場。閃電王彷彿是另一個項英雄的存在。儼然兩把刀對峙著，兩種強悍的孤獨。鐵血就要奔走了。

我傾盡所囊買了一千元的賭注。當然是把勝利的賭碼押在項英雄身上。

——你要什麼？

——我要贏和生存。

我記得這是電影《第一滴血》的對白。

現在我能感覺到那種贏的渴望。叫嚷著、喝采著，整個賭窟沸騰起來。世界的喧嘩奔湧到這裡。兩把刀出擊了。攻擊。躲閃。反擊。攻擊。躲閃。反擊。你可以看見兇猛、兇狠之類的詞語在他倆身上竄躍著，就像兩把原始的刀展現暴力的美感與醜陋。

——砰！項英雄的下顎被擊中了，他趔趄了一下，閃電王的拳頭頓時像雨點落到他的身上。在這非法拳賽上，你的拳頭可以隨意奔到對方的任何部位。

——砰！項英雄的下腹被狠狠擂中了，他一下子跪了下來。對手又一個勾拳打在他的右臉側，他——立刻趴下了。肥胖的裁判馬上阻止了閃電王的進攻。

——項英雄像受傷的老虎撐了起來。我看見他的嘴角淌下了鮮血。場上更是歡聲雷動。他大吼一聲，向對手攻了過去。兩把刀又火拼起來。

……

後來，項英雄癱在那裡。他輸了。他的臉腫得像一個豬頭，還流著血。門牙也掉了兩顆。擂台上依然熱鬧。閃電王又和一個挑戰者拼命起來。我看著項英雄，就像看著一個還在滴血的注射針頭。我想，項英雄是這樣渴望著：血浸潤著我們的生活。此刻我冷靜得很。我猜測項英雄此刻有一種瀕死而舒服的感覺。

事實上，項英雄現在向我展開了一個笑容。

他說：「哇，感覺好爽……」

我盯著他，這一刻，血從他的鼻孔裡流了下來，項英雄伸出舌頭一下子卷著那鮮血，然後像吸煙一樣，瞇起眼睛，長吁了一口氣。事實上此刻我羡慕他。

我說：「媽的，你像一個吸血鬼。」

項英雄說：「我們都是自己的吸血鬼。」

我說：「其實，老項，你打得不錯。你他媽的爽死了……」

項英雄說：「我可能要進精神病院。媽的，我病了。」

然後，他哈哈笑了起來。我也笑了起來。

39 伍木

離開那幾頭大鱷，伍木就去找珍珠。

他想不到珍珠房裡多了一條五彩金魚，珍珠說它叫「五彩珍珠」。他注意到那金魚一色橙黃而豐腴的身子灑了白、黑、紅的斑點，碩大的藍色的四瓣長尾飄飄若仙。珍珠把金魚放在一個放滿水草的玻璃魚缸裡。珍珠說，每天看見五彩珍珠，就覺得自己生活在水草中。伍木覺得似曾看見過這條金魚，他突然記起歐陽婉也喜歡養金魚。有一次因爲一條叫五彩夢的金魚被鄰居的黑貓偷吃了，她居然半夜裡用布袋罩住那隻黑貓，然後用棍子活活地把牠打死了，然後把牠扔到河裡。

那時珍珠告訴他，鄰居那個叫歐陽婉的女人搬回丈夫的家裡，不再在這裡寄租了，這條「五彩珍珠」就是歐陽婉送給她的。聽到這個消息他一動也不動地站在窗子前。

透過窗子，他注意到一隻麻雀落在電線上，他在這個城市很久沒有看見鳥兒，特別是麻雀，牠們似乎被人們捕殺光了。那隻麻雀讓他勾起了過去的時光，那時他和歐陽婉經常在火葬場上捕捉麻雀，然後把牠們燒烤掉，那種美味彷彿至今還留在他的唇齒間，那時火葬場每天都有數不清的麻雀啊，那時歐陽婉的聲音是那樣清脆而喜悅，他們也曾有過快樂的時光……

「是不是她搬走了，你不開心？」

珍珠的聲音響了起來。

他扭過頭看到珍珠盯著他，她的目光似乎有一種溫柔的關切。

五彩珍珠。他突然覺得珍珠就像一尾五彩珍珠。他覺得在這個女人的身上，能找到一種滿足、一種安寧，就像她的肉體能安葬他的一切。是的，他享受這種安葬。這種感覺總是來得奇怪。就像這個地方變得高尚一樣。你能喚起自己的身體上的自信：感情上、感官上，他都體會到一種新異的感覺。曾幾何時，他認爲這個地方，無非是流浪者、乞丐和妓女們聚集的地方。那是底層、那是糞便、那是噁心、那是無恥的分娩……

這是珍珠帶給他的。他覺得在她面前，他嘗到粗野、粗暴……。他體會到無所顧忌的感覺。那不只是肉體上得到意想不到的滿足。與肉體息息相通的，還有心靈的愉快——他開始對這個妓女欣賞起來。即使他懷疑自己是不是因爲太過孤獨。即使他越來越迷惘，肉體的樂趣、自己的冥想、蔑視一切、放棄尊嚴、這一切讓他著迷，他覺得自己迷戀著一本低俗小說。

然後，他摟著珍珠，他感覺到她的激動。他嘴裡說：「我現在只需要妳，讓那個歐陽婉見鬼去吧！」

說這話的時候，他明顯感覺到自己的心撲撲跳了起來。

他不明白爲什麼會有這樣的感覺。

他當然明白他和珍珠之間存在的並非是愛情，而是一種肉體上的冒險。他覺得冒險的蟲子進入了他的軀體，然後他體驗到一種生活的冒險：即使他曾經渴望愛情的冒險，但那不過是欺騙自己的肉食罷了。愛情，欺人之談。愛情已經失去意義，對他來說，愛情眞的失去存在的意義。他寧願分娩肉類的存在。那是一種甜蜜的顫抖。他不感到羞恥，他覺得珍珠是可愛的，他覺得她是另一個歐陽婉。他是懷著激情投入珍珠所在的底層，她的身體、她的放蕩、她的陌生、她的病態般的動作，他覺得自己那些最隱密的勇氣、觀念和夢幻都透過那種激情流進了她的世界。即便這是一個深淵。

此刻他感覺到珍珠整個身子發燙起來。爲什麼這個女人會富有激情呢？他覺得有些莫名其妙。

他聽到珍珠對他說：「我要懷上你的孩子，我要爲你生下一個孩子。」

那時候他盯著她那張看上去認眞的臉，說：「好啊！不過妳不要生下一條五彩珍珠……」

然後，他倆嘻嘻地笑了。然後，他開始剝開她的衣服。

是的，這個女人進入了他的生活。

珍珠，珍珠，珍珠，他在內心呼喚著她，彷彿用聲音炸毀了現實……一個名字來到他的唇邊，一切都是值得的，皮膚光鮮、漂亮的面孔，還有那酥胸——更重要的是，她的臉上還帶著稚氣，這種稚氣使她雙眼散發出愛情的氣息。

也許正是這種稚氣喚起了他的感覺，他在她身上找到了陌生的情慾——她彷彿摯愛著他。是的，陌生的情慾。一種「沒有愛，沒有我」的遊戲。他待在那裡，享受著情慾的火焰，然後以特有的方式，彎成了一枚撥不出的釘子——他本能地，在精神上和肉體上感覺到一個娼妓的愛。

即使這愛僅僅是屬於〇三三號人皮面具。

想到這一點，他有些悲哀。此刻，〇三三號人皮面具，一個異常的陌生者，享受著一個娼妓的情愛。就像陽光在牆上減退，他感覺到那種流動的陰暗，流動的迷惘……有時候，眞正的生活好比幻象，就像在鏡中，一雙眼睛，兩隻鳥朝他的面孔夾擊而來。他記不得還有什麼感覺，除了享受一個陌生者的情愛。還有一點，他成了一個被縛者……曾幾何時，血液湧上了他的臉，他埋首在她的酥胸上，像把幸福時光注入她的身體一樣，她使他勃起了青春與幸福的歡愉，他享受起了愛情——她在那裡，這就足以使他被縛：這並不意味著他成爲她的俘虜，而是他成爲幻象的俘虜，他不過是進入了一個幻象，〇三三號人皮面具創造出來一個愛情的幻象。或者說，他一直不過把她當成了一個符號，一個肉體蠕動的符號。即使這符號接近愛情，與靈魂相彷彿。

此刻，珍珠的身體蠕動著，他覺得她的身體釋放出一種奇怪的共鳴：一切都是値得的，即使這有著一種色情的味道，他還想到，色情逼近了虛無，這虛無的大門有意在那兒敞開著……

當然，有時候，她的肢體的靈活，讓他感到難堪，這使他顯得笨拙，在做愛上。有時候，他羨慕珍珠像一個狂奔的野獸一樣沉迷於肉體的遊戲，在那遊戲中，她是活的生命，一切皆有感覺，她甚至能煮沸了黑夜。

事實上，他現在進入珍珠的房間，是因爲被寂寞追趕著。他想忘記寂寞，忘記被寂寞吞噬的感覺，他試圖在珍珠的身上找到「煮沸了黑夜」的感覺。他看到了她的笑靨，像春天一樣明媚的笑靨。他只能用「明媚」這樣的詞去感覺……事實上，很多時候他看到珍珠，他就想到了以前的妻子歐陽婉，像春天一樣明媚的歐陽婉。

他記得很清楚，在往昔，女人對於他來說，其實就是一種絕望的幻覺。現在他豁出去了，感覺到情愛的味道——緊緊地擁抱著珍珠，他感覺到自己成爲了兩個人，一個和她享受情愛的甜蜜，另一個在一旁思索著某種虛無的存在。這一次，又一次，他沉入了她蠕動的肉體中，那可能是歐陽婉的肉體……

他用眼角的餘光瞟著那條五彩珍珠。牠行雲流水地游動著。他腦海中突然浮起了歐陽婉的臉。那張臉越浮越大。最後淹沒在他和珍珠的呻吟中。

40 伍木

伍木突然覺得東珠咖啡廳彷彿漂浮著一種接近恐怖電影的味道。他剛剛從東珠影劇院看完日本恐怖片《七夜怪談》。他弄不清自己是停留在《七夜怪談》的氛圍裡，還是他那種喜歡妄想的神經質又蠢蠢蠕動了。這個晚上，他跟蹤著歐陽婉。他沒有想到她會去看電影。

這是一間小小的咖啡廳。時間過了晚上九時。他凝視著歐陽婉。她隔了他三張桌子。準確地說，他坐在她背後。跟蹤她的感覺，就像偷竊東西一樣令他感覺到興奮。他想像她是《七夜怪談》的女鬼貞子——歐陽婉會從電影裡走出來，攝取他的靈魂。

此刻歐陽婉在攪拌著杯子裡的咖啡，她看上去恬靜。她難道忘了剛才電影的恐怖嗎？她剛才看電影時不是發出尖叫嗎？他記得剛才看電影時，他就坐在她後面。歐陽婉穿著一襲黑裙，這一刻，她的背影是這樣近，他突然覺得世界的寧靜凝聚在她身上。他突然想，她爲什麼不穿白裙呢？也許這樣，她就更像一個貞子。然後，他有些惡毒地笑了笑。

他把目光放在鄰桌。這咖啡廳有十一張桌子。現在空了三張。他注意到他旁邊的一個青年陷在孤獨中，他顯然在等人，不時把目光瞄向窗外。他背向他。他穿著一件白得刺眼的襯衫。這讓他想起《七夜怪談》裡那個一身縞白的貞子。他笑了笑，又把目光放在歐陽婉的背影上。他突然有一種撫摸她的衝動。此刻他想進入她的肉體。他突然厭惡起這個咖啡廳。他想像著歐陽婉的裸體，想起往昔和歐陽婉做愛時的情景，她的尖叫、她的顫動……欲望依附在她的肉體上，此刻他整個靈魂都在渴望她肉體的綻放。

這時，伍木聽見他鄰桌有著挺暴戾的聲音，那個被他視作貞子的白衫青年正叫服務員上茶。他的對面已多了一條穿著短褲白色T恤的胖子。顯然他等待的朋友來了，但伍木沒有想到一個驚悚的事件即將發生。至少隔了五分鐘久，白衫青年突然站起身來。砰！砰！砰！砰！四聲脆響炸在這咖啡廳裡。驚悚與靜寂統治了一切，令人窒息。死亡的陰影搖晃著在場的所有人。這一刻，他聽見歐陽婉尖叫了一聲。他看見白衫青年手裡拿著一柄手槍，他對面的胖子已經仰在他的座椅上，眼睛死魚般地瞪著，額上、下巴、胸膛、腹部的彈孔奔湧著鮮血，一個血紅的魔鬼誕生了——他死了！他看見白衫青年木頭般地凝視了死者一會兒，他手中的槍慢慢地垂了下來。然後他環視了咖啡廳一圈。陳森林看見他的神情顯得落寞，就像一個送殯人。緊接著他聽見他的聲音：「大家不用害怕。我是警察。他是一個逃犯！」他的聲音有些顫抖。然後他冷冷地走出了咖啡廳。他的背影有些高大。大家直刺刺的目光送別著他。伍木看見他騎上了一輛摩托車，他彷彿有點留戀地望了一眼咖啡廳，然後嘟地一聲消失在夜色中。

一切彷彿突然而來。一瞬間。槍殺。血腥。死亡。瘋狂。心跳。……這個殺手一樣的青年製造了一個比電影更驚悚的場面。好一會兒，咖啡廳的人們才慌亂起來。服務員當中有人大叫起來：「快報警……」

伍木感到痙攣般的快感。他甚至有些慶幸能目擊一個槍殺事件……此刻他似乎看見歐陽婉的背影在顫抖，他想像她臉色蒼白，他能感受到她的心跳。

他走了過去，坐在歐陽婉的桌前，看見歐陽婉幾乎彈了起來。他衝她笑了笑，說：「你不認識我嗎？」

歐陽婉說：「是你啊。我好害怕……」

他說：「我陪著妳，不用害怕。」

她說：「你能陪我回家嗎？我眞的好害怕。」

他笑著說：「好的，我陪妳回家。」

這一刻，圍觀的人越來越多。他突然覺得那些圍觀的人就像一群扼長頸脖的鴨子。他看見兩個瘦小的警察走了進來，盤問起服務員。他想像這兩個警察將相當肥壯的死者抬出東珠咖啡廳，就像兩個螳螂抬著一大口豬。他禁不住露出了笑容。

此刻，他覺得快樂，歐陽婉要他陪她回家啊，他突然覺得那個死者送給他一份好禮物。這個夜晚，他能陪著歐陽婉慢慢地走。他突然想到，什麼時候，我能從她身上剝下那精緻的皮膚呢？難道我眞的想摧毀她？

41 伍木

現在，他們並肩走在一起。十四年了，他們再一次並肩走在一起。他能聞到她身上的香氣。一種淡淡的茉莉花香。他感覺到自己被香氣撕裂了。有那麼一刻，他覺得那種香氣融入夜色中，照耀著一切。他有些驚訝地看到夜空泛著暗紅色。暗紅色，夢幻般的感覺。空氣彷彿是暗紅色。他攥著一隻拳頭，似乎想把手掌上的汗水擠掉。

他突然想到，他們來到了一座小山坡上，小山坡很寂靜，蟲子在歌唱這與世無爭的寂靜。月亮渾圓，你甚至能清晰地看到你一米以內的四周。他們迎著月光，坐在一株茂盛的榕樹下，他們的面前是一片茂密的甘蔗。一種醉人的氣息包裹著他們。她撩起她黑色的長裙，然後猛地捉住他的右手，把它插進她的內褲裡，放在她渾圓光滑的屁股上。那一刻他的心怦怦地跳了起來，他的手掌緊張得冒出了汗。那種肉感的彈性，肌膚的柔和，就像夢幻般行走在他的心跳中。他看到她微仰著頭，吐氣如蘭，在月光下，一幅彷若天仙出浴的樣子。他的手禁不住遊動起來，在她那兩片如小山坡的滑嫩之地，那條淺而巧的股溝，甚至前面那芳草茂密的美穴地……

事實上，他們走得很慢。他們沒有說話。他爲自己的胡思亂想感覺到可笑。可是，這一刻，他用眼角睨了她的臉側，看到夜色落在那裡，有一種靜寂在跳動。他越來越有力地攥著拳頭，他怕自己控制不住了，會牽著她的手，摟著她的腰。他想起在茶仙居握過她的手，想起她的臉紅。他看到街燈閃爍著，散著清幽的光線。他突然感覺到一種光芒從很遠很遠的時空向他飛了過來。他明白，他要慢慢攫住她的心。他聽到，她的高跟鞋在有節奏地響著，像小夜曲。爲什麼我不跟她說話呢？可是他不知說什麼好。就這樣，他默默地陪著她走。

「我的身子美嗎？」她的聲音會響起。吻她，用力地吻她！從乳房開始……還不容他說話，她就用力地把他拉入她懷裡。於是，他的嘴唇開始了吮吸，行走……她的手不時抓著他的頭髮、他的臉，她的呻吟就像小夜曲飛揚在那個小山坡……

他又用眼角睨了她一下，她的眼睛望著前方，她的嘴唇彷彿在輕輕地翕動。歐陽婉，她在翕動什麼？歐陽婉。他聽到歐陽婉從上顎往下輕輕落在牙齒上，他咀嚼起來，咀嚼一個名字的芳香。她顯得很是誘人。想像一下，從背後輕擁著她的感覺，雙臂輕抱著月亮的豐滿？他再一次用眼角睨了她一下，這一次他碰上了她的眼神。她的眼神很特別，既溫柔又憂鬱。他看到她朝他淡然一笑。微笑，像湖面上的漣漪，隱隱地消逝。他突然有抱著她的衝動，他控制住了，然後衝她一笑，繼續慢慢走下去。

……突然間他感覺到他的身體有些濕潤。這時他看到她的臉流淌著淚水。他停止了吮吸。他驚詫地望著淚流滿臉的她。她突然撲在他的肩上哭泣起來，那種悸動，那種表露無遺的傷情……一剎那，他明白了。這個一直陷在性的壓抑的女人，此刻她是哭泣她的激情，她的遭遇，她整個無所適從的生命……不知爲什麼，那一刻他就像看到了他的愛、他的靈魂在哭泣，他的眼淚也禁不住奪眶而出……直到她開始吮吸他臉上的淚水，直到他的衣服也被她脫得一光而淨，她的嘴唇小雨般落在他的身體上……於是兩具赤裸的野獸在噛咬，戰慄，深入……當一切的肉搏休止了。月光明亮。在那小山坡，他們赤裸裸地依偎著坐在一起。世界彷彿只剩下了他們，兩顆接近無限透明的心。

「我到了。我住在七樓。謝謝你送我回去。」她的聲音響起了。他看到他們停在一幢商品樓前。她走向了樓梯，在邁上樓梯的那一刻，她回過了頭，望著他說：「你回去吧，謝謝你。」她的眼睛在黑夜裡發亮。他站在那裡，衝她笑了一笑，然後看著她慢慢消失在樓梯上。他怔怔地站了好一會兒。空氣似乎瀰漫著茉莉花的香氣，他吁了一口氣，抬起頭，感覺到這幢商品樓逼迫著他，像一隻怪獸。

42 我

一九九九年六月十八日晚上。天氣炎熱。白熾燈明亮。我們坐在床上。白紅裸露著上身，她挺拔的乳房閃著白光。她攤開我的左掌，試圖從掌紋看出我的命運。那時候我在看《××都市報》。事實上，我對命運總是感受到驚訝——如果存在著一種命脈，我們是命脈中的一絲光芒。此刻，白紅彷彿與我隔著兩個世界，她想把握住一些命脈，而脈絡是我們之間存在著的虛無的東西。就像一種在玩花俏的撲克牌遊戲中，我們無法看清對方想出什麼把戲。

我看到頭版刊登了〈檢察官爲一個女人失去理性，先射殺情敵再飲彈自殺〉的消息報導：

〔本報訊〕近日，K市發生一起一名檢察官幹部在一咖啡廳連開四槍，將一名公安局幹部當場打死，又飲彈自殺的惡性事件，而引發這一事件的原因卻是因為一個女人。這位檢察官幹部名叫司徒××，今年二十九歲，事發前是K市檢察院辦公室副主任。被殺的那名公安局幹部名叫高××，是K市公安分局刑警隊辦公室主任。據知情人士透露，司徒××之所以開槍殺死高××，是因為高與司徒的妻子長期有染……

白紅開始說道：「你的優點是樸實精明、憤世嫉俗、爲人仗義、才智出眾、滿懷激情、不易受人影響；你的弱點是挑剔譏諷、內心猜疑、杞人憂天、悲觀厭世、喜歡說教、缺乏競爭意識；你觀察力豐富，適合於富有構想的職業，如藝術家、作家之類；在愛情上，你是一個多情種子，從小就會使用愛情，呦，在愛情這個戰場上，你來去自如敢愛敢恨，眞誠的心會使你一帆風順……」

此刻，我抬起了頭，觀察她的目光、她的嘴唇、她的臉、她的乳房，我的目光跑到了她身上，就像一匹馬在兜著圈子，最終還是停留在她的眼睛裡。她的目光是如此寧靜，彷彿存在著一種圈套，一條不可逾越的鴻溝；這種反差讓我彷彿看到，在她的眼睛與我的手掌之間，存在著一種幻覺的東西在飛翔，那種輕盈而神秘的欲望就是我們要面對的。後來，白紅越說越興奮，又把她的短褲子脫了下來，她說了一句：「我愛赤裸裸。」她整個身體閃著白光。這一刻她看上去像一隻白蝴蝶。這讓我想到伊塔羅．卡爾維諾（Italo Calvino）在《如果在冬夜，一個旅人》（*Se una notte d'inverno un viaggiatore*, 1979）描寫的那個女讀者和書本之間，有隻白蝴蝶在飛翔。一隻白蝴蝶，一個具體、集中而輕盈地反映物質世界的幻想曲。

現在我彷彿看著那隻白蝴蝶在飛舞，一種神秘的含義緩緩打開，我意識到白紅對命運的推測，其實是對自己的懷疑，相信命運的人其實是對自己的懷疑，這種觀點落在我的身上，我看到了內心某種恐慌的呼吸，我們活在患得患失的空氣裡。

那一刻，我又低下了頭。

六月五日晚上九時，司徒××打電話約高××出來「好好談一談」，高應約來到K市永安路東珠咖啡廳。司徒到咖啡廳後，大聲叫服務員上茶，然後掏出手槍向高××連開四槍，致高當場死亡。司徒開槍後稱高是逃犯，然後走出咖啡廳，騎上摩托車回家。回家後，司徒打電話給岳父，說自己殺了人，準備自殺。當司徒的岳父趕到司徒家，推門入室，見司徒已飲彈身亡。據悉，出事前司徒已寫好三份遺書，其中一份給他的父親的遺書寫著「我不能忍辱偷生」。司徒還將自己與朋友的賬目結清，並將辦公室保險櫃的密碼寫紙條上，算是工作交接。目前，有關部門正在調查此事。

我又一次抬起了頭，吁了一口氣。我看見白紅露出了微笑。這是第一次有人給我算命。這是白紅的算命方式。我聽著、感受著，事實上我更多是感覺到自己到了一個遙遠的地方，去到那個槍殺事件當中。這讓我想到情慾是一個神秘的洞穴，瘋狂與甜蜜並存、恐懼與快感並存、激情與羞恥並存。你唯一的目的是融入其中，把自己毀掉。當然我還想到：居住在那個洞穴裡的人是有意思的，在色情的光亮裡，你放縱一生的污點與卑鄙，每一寸皮膚，每一種撫摸，其中意味著一種幻象。或者，你的肉身蜇居在幻想裡，血與淚不可分開。呃，一個神秘的迴圈圈。白紅的臉。白紅的肉體。白蝴蝶。現在我看到那隻白蝴蝶把世界攪拌得一片混亂，那是我的世界：我喜歡幻象，那種像在夢中、在發燒生病時閃出的幻象。這好比，此刻這個槍殺事件讓我感覺到興奮，我看到了一個男人的尊嚴，還有想像的愕然、震撼。事實上，在槍殺事件後，流言就開始襲擊K市——檢察官為情所困，不甘受辱，憤而槍殺情敵公安幹警。或者說，檢察官平時沉默寡言為人怪誕，猜忌心重，以致錯殺好人，製造冤魂。……事實上我感覺到那個檢察官的神經質，我是說他是一個耽於自己的愛的世界的偏執者，他不允許誰來破壞他的愛的純潔。我甚至想，他是死在他愛的自虐中，他一瞬間的暴走其實是他一生最酷的光芒。

此刻，白紅的臉看上去凝重，她的臉彷彿凝固了一種認眞的神色。我弄不懂她是不是故意裝成這樣子的。她到底想說些什麼。白紅的聲音不斷湧現，甚至不時插入突兀的問話：「在寫的過程中，可曾感覺有什麼改變，或者突破？能問你一個問題嗎，你在寫作過程中，是自己的經歷啓發了寫作的思惟多一點，還是受文學作品的啓發多一點？……不覺得這樣更蒼白？……文字很多時候可以讓自己更眞實地探究自己的內心。經驗？源於一種感覺的體驗吧，但經歷會讓文字變得更有厚度。……曾經問自己，你現在身在何方？喜歡上這種生活，從一個城市走到另一個城市，用另一種陌生代替已有的陌生。……流浪過嗎？……」

事實上，白紅在喃喃自言。事實上我沒有回答她的問題。

後來，我覺得她僅僅想說話，這讓我想到一個「說吧，說吧」的句式。白紅給我算命，其實是溫慰著她自己。

白紅還是喃喃不休。我看到她的臉開始掛上了一絲笑意。我意識到，她猜測我的命運彷彿有一種東西沖刷著她內心的快樂。……現在我卻遊離了她，我成爲自己的妄想狂，這讓我想到，妄想狂意味著一種摧毀。

事實上，此刻我在摧毀著白紅，因爲我完全蔑視她的聲音，如果她試圖想用命運學說來摧殘我、遊戲我，那麼此刻她不再是遊戲中的主人。

我感到興奮，當白紅不停地挑逗我，我能感覺到她右手捏著我左手的溫熱，那是她的興致。有時候我也會被她的興致震顫了：在我的出租屋裡，她的聲音不斷地迴響著、迴響著，這是一種多麼聖潔的快樂，要知道她的聲音是那樣嬌柔而清脆……

當然，我右手拿著那份《××都市報》翻閱著，這種翻閱成爲我的亂思亂想。我的左手輕捏著白紅的乳頭，像把玩著一個精緻的玩具。可以說，我駛進一個槍殺事件當中，其實是漫遊在我自己的感覺之中。我覺得我陷在暴力的誘惑中，這種誘惑成爲一種誘導：在這個槍殺事件當中，在與白紅相處的此刻，我成爲一種捕食的動物。狂想超越了我們的時間……我甚至有時把白紅看作一個充滿邪氣的六翼天使，她呈現那象牙般的玉體，試圖進入我的感覺之中。我們，一個是幻想者，一個是遊戲者。在幻想與遊戲之間，其實我們是沒有什麼區別的。

43 伍木

一九九九年六月二十一日。伍木那天一早起來，看到水缸裡躺著一隻淹死的大肚老鼠，那浮腫蒼白的肚皮讓他看到一種愕然的不祥之兆，他彷彿看到自己臉上的人皮面具也浮腫起來。他下意識地摸了摸臉，他感覺手有些顫抖，然後看了看他的房子。這是他最近租借的新家，新家位於城北的小區，在這個城市裡，人們稱這小區爲「貧民窟」，在這裡居住的幾乎都是窮苦的人們。這裡巷道狹窄，垃圾成堆。現在他孑然一身，他喜歡這個貧賤之地，即使這裡居住環境惡劣。他覺得在這裡有一種自由的感覺。這使他心境平靜。

房子裡漂浮著一種奇異的氣味，是那隻死老鼠散發的氣味：沒有惡臭，一種接近腋窩的汗味，甚至還夾雜著一種隱隱的芳香。這使他驚訝起來，他以爲自己的鼻子出了問題。他突然產生一種想法：他覺得那隻老鼠就是他的化身。他想到一個成語：「鼠目寸光」。他想看看這死去的老鼠的「寸光」，據說人死時會在瞳孔裡留下最後的影像，現在他想看到這死去的老鼠是否殘留有最後的影像。一霎間，他用拇指和食指捏住老鼠的尾巴，提了起來，他看見老鼠的眼睛幾乎閉住了，他試圖用手掰開老鼠的眼睛，這時他突然想起自己呑下蜘蛛、咀嚼蟑螂的情景，一種不寒而慄的感覺倏地襲來，他身子顫抖起來，他抬起頭，看到窗外天氣陰暗，好像誰用墨汁在天幕塗了一層黑色。他覺得一種寒氣直逼他的心窩，緊緊地控制著他整個身子，然後他低下頭，看到手裡的老鼠緩緩地變大，直到它那個腦袋變成足球一樣大，那老鼠才呃地一下張開了血盆大口，那白生生的牙齒像劍一樣刺向他……

44 伍木

最近他老是牙齦出血。每一次的刷牙都是一次流血的過程。他張大嘴巴對著那面鏡子，在鏡中，他依然能看到自己那口潔白齊整的牙齒。牙齦出血，意味著什麼？他張大嘴巴，看著鏡子裡的牙齒，每一顆牙齒彷彿隱匿著一種疼痛。望著牙齒，他覺得有事可做，他在尋找那顆出血的牙齒。也許不止一顆。口腔有些臭氣，這裡成為病菌隱匿的地方，每一個旮旯，都意味著病菌的角落。呃，牙齒，這些牙齒，他甚至覺得有一天，它們會在他的記憶裡模糊、變形、消失。當然，對著鏡子，一張英俊而蒼白的臉，○三三號人皮面具。（一般來說，他沒有剝下面具睡覺。在夢中，有時他也會看到自己戴著人皮面具出現。）閃閃發光的人皮面具，這一刻成為一種懾人的光芒。人皮面具，彷彿構成了他的夢魘。這一刻，牙齦流出的血在下頷裡閃亮著，他用手指沾了沾那血水，血水在手指間顫動著，他似乎聽到一種音符，一種悅耳的音符，就像他用刀子劃破那些女人的皮膚一樣，他能聽到刀子湧現的清脆響聲。女人的皮膚，瞬間的芳香，再一次點燃了他內心的喜悅。

現在，他扭過頭，看到「床」上那個躺著的婦人——準確地說，那張「床」其實是一張地毯，他喜歡睡在地毯上，害怕床。他說不清楚自己為什麼害怕床，也許他覺得床意味著一種思想感情。當然，那張地毯一直是他的床，是他安睡的島嶼。現在婦人彷彿成了一個魔幻島，在這個島嶼中，他能再次捕獲那種狂喜：肉身並不重要，重要的是皮膚……他長舒了一口氣，然後探下身來，小心翼翼地用手撫摸著她身上的皮膚，一次愉快的旅行開始了。

他依然記得昨天清晨是如何擄住了她。他知道她每天早上都有晨運的習慣。他這幾天都一大早就守候在門前。事實上，透過窗戶他能看到整條小巷的情況，看到她路過的樣子。當她路過他的出租屋門口時，他看到這條狹窄的長巷裡就只有她一個人，他叫住了她，然後他用迅雷不及掩耳之勢把她拉進了出租屋，還沒有等她反應過來，他用雙手掐住了她的喉嚨，這一切快得僅僅只在幾分鐘之間。你可以想像他的大膽，事實上，他也為這個舉動震撼住了，他弄不清自己那一刻為什麼會那麼勇猛，而且那麼快地結束她的生命，這一切像夢魘一樣不可思議，他成為一頭撲向小鳥的猛獸。事實上，他寧願學會忘卻。這短短的幾天，這個女人折磨著他，他渴望擁有她身上的皮膚。現在，他擄住了她，他像得了佝僂病一樣擄住了這個女人。直到他把婦人放在裡屋的那張床上，他才感覺到自己的嘴巴突然莫明其妙地流下了血。一瞬間，他嚐到滿嘴都是血的味道。他想不到血會在這時候冒了出來：最近他老是牙齦出血。然後，他很快地關上了門窗，他開始張大嘴巴對著那面鏡子：

……

現在，他就是這副樣子，待在出租屋裡撫摸著這個已經瞑目的婦人，他雙膝跪在地毯上，一副虔誠的樣子。房間落下了窗簾，那是一副綠色的窗簾，儘管他一直喜歡黑色的窗簾。因爲他擔心黑色的窗簾太引人注目。房裡光線昏暗，靜悄悄地，他的頭彷彿埋在寂靜裡，這樣子從背後看上去，他就像身陷一種辛苦的按摩中。然而，事實上他興奮著，每次撫摸女人的皮膚，他都情不自禁地感到興奮；或者可以說，他興致勃勃。當然，他想到，必須儘快處理她的屍體，他也必須儘快離開這裡。他昨天整個晚上幾乎擁抱著她一起睡，這使他驚訝起來。一般來說，他以前得到一個女人，會很快地剝下她的皮膚，但他昨天幾乎撫摸了她一整天，也許是這幾天他一直在窗子前看著她的倩影，那是一種漫長的等待；也許是他冒著很大的危險才得到她……他似乎有些捨不得她，他不想那麼快地剝下她的皮膚。後來，他明白到：「我沒有佔有什麼。我只是再次發現終點罷了。」

45 我、項英雄

那天晚上，項英雄獨自一人走在新華北路上，他決定去朋友陳B的出租屋。在這個城市裡，陳B似乎是他唯一的朋友。他留著一頭梳理得光滑的披肩長髮，乍看之下，他像一個藝術家。看著被路燈和商店櫥窗照得半明半暗的大街，看著來來往往的行人，還有不斷從身邊穿梭的摩托車，他突然感覺到，他是如此孤獨。他想到一句話：「孤獨的人是可恥的。」現在他是可恥的男人。後來他又想到，新華北路步行街其實不步行，摩托車依然可以橫行，就像這個城市充斥著無序的病態，就像他喪失了記憶一樣。他走著，走著，看到不少店鋪門前都張貼著「旺鋪轉讓」這四個大字，他想這世界是不是很不景氣，夢想的經營往往容易化成泡影。他想到他經營的蕭一影樓，最近生意也不景氣，他甚至想關門大吉。事實上他不想作太多的思索，他想到在現實的酷逼下，作太多思索的人，常常自尋痛苦，得到更多的是無奈與困惑。於是，他決定今晚和陳B一起到一家「金色年華」的酒吧裡，好好放縱一下自己，麻木一下自己。

一個穿著一襲吊帶裙的女人婀娜地走在他的前面，她裸露的肩背白皙而光潤，她身上飄出一股濃鬱的香水味，蠱惑著項英雄。他感到自己像變成了一匹餓狼，想嗜血肉的渴望煽了起來。他不知自己爲什麼會有這樣的感覺，也許是喪失記憶在折磨著他，也許是孤獨吞沒了他，他極想走入那女人的內心深處，吸吮快樂。倆人並肩時，他不由向她瞄去，他覺得她身上的某個部位看上去眼熟，可一下子卻說不出來（可以說，他覺得她很面熟）。於是他說：「小姐，我們以前認識嗎？」

女人盯著他，說：「我們不認識。」

女人的眼神有些慌亂。不知爲什麼，項英雄直覺到她認識他，只是她在逃避什麼。也許以前她欠他的錢，或者什麼的。他跟了上去，小姐回過頭，又說了一句：「我眞的不認識你。」

項英雄說：「可我覺得認識妳，在那裡見過妳……」

這時女人睨了他一眼，他似乎看到女人衝他莞爾一笑。他像遏制不住自己似的縱了過去，一手摟著她纖細的腰，他頓時感到女人像一瓣柔軟的玫瑰落在他懷中。他不知道此刻他為什麼會這麼做。事實上他也被此刻的動作震住了。然而，女人驀地騰出手來，帕地摑了一下他的臉，他聽到她的聲音——「流氓！」

然後，女人像兔子一樣竄了出去。

他怔怔地立著，項英雄望著女人那遠去的身影。一股失落感攫住了他，他努力搖了一下那昏昏的腦袋，心想剛才那女人的一笑，是他自己的幻覺，還是她眞的在誘惑他？

然而，他還是很快跟了上去，他決定跟蹤她。他注意到女人的身材苗條，可是屁股特別大。她走路的姿態就像一匹長頸鹿。女人回過頭來，看見項英雄跟著他，似乎有些緊張，於是她加快了步伐，項英雄也加快了速度。就這樣，兩人一前一後地走著。

項英雄是這樣想的，也許這個女人眞的認識他，她不過是在躲避什麼。他不能放過一個追查他過去的任何一個機會。即使這是一個誤會，也沒有什麼大不了，因為他感覺此刻挺刺激，他在跟蹤一個看上去挺漂亮的女人。或許，對於他來說，是一場豔遇。再說，在街頭跟蹤女人，對他來說，已經習慣了。

女人又停了下來，盯著他，項英雄走了上去，看著她。

女人皺著眼睛，上上下下打量項英雄，說：「你跟著我幹什麼？」

項英雄說：「我失去了記憶，我想妳是我認識的朋友，也許妳能幫我找回記憶。」

女人瞪大了眼睛，說：「你失去了記憶？」

項英雄說：「是真的……一次車禍，我失去了記憶……哎，妳可能會不相信我說的話？」

女人說：「你摔壞了腦袋嗎？」

項英雄說：「醫生說我的腦袋沒有問題，可是我記不起以前的事情了……你知道失去記憶的痛苦嗎？我一直想找回真正的自己，可是我連自己的名字都不知道……」

女人看著項英雄，看著他那張認真而失落的臉，她開始相信他的話了。

她說：「可是我真的不認識你，我不能幫助你啊！」

項英雄說：「也許妳以前認識我，妳忘記了。我直覺我以前認識妳的。」

女人笑著說：「嘿，也許我也是一個失去記憶的人。這個城市都患上了失憶症呢！」

這個城市都患上了失憶症呢？項英雄瞪著她，他想不到她會說出這樣有味道的話來。

「我們做個朋友吧！」項英雄誠懇地說。

女人看著他，笑了笑，說：「好吧！失去記憶的人。」

就這樣，項英雄認識了這個女人。這個女人，叫阿雪。後來，他們走在一起了。

46 我、項英雄、阿雪

事實上，我幾乎記不清阿雪這個女人。畢竟項英雄交往的女人那麼多。我記得與項英雄有親密關係的叫阿雪的女人似乎有八、九個。記憶總是喜歡欺騙你，你有時會混淆一些人或者事情。當然，這都不重要，重要的是，你說出了一些東西。現在我不妨努力回憶關於阿雪的一些東西：

記憶一：阿雪其實是一個有夫之婦，她丈夫是一個海員。據說，她丈夫是一個性虐待狂，每次航海回來，他都虐待她。據項英雄說，她丈夫虐待她時，喜歡用鞭子打得她滿身鮮血，或者用刀子劃破她的皮膚，她丈夫說，每次看到她流血，他就特別興奮。我還記得項英雄對我說，也不知道阿雪為什麼不和她丈夫離婚，甘於忍受那雜種的性虐待。後來，他又說，也許性虐待眞的使男人快樂呢，媽的，那個雜種眞快活了。那時我說，你是不是羡慕她丈夫了？小心你也成了一個雜種。項英雄笑著說：「我本來就是一個雜種。」

記憶二：應該說，我是在項英雄的出租屋認識阿雪的。她是一個三十一歲的女人，臉看上去有些蒼白，長得苗條，胸部豐滿。對於這個比我和項英雄都要年長的女人，我一開始不知該和她說什麼好。幸好阿雪倒是很大方，主動提到她丈夫，說她有時覺得他挺好的，雖然得忍受他的虐待，可是他更多時候是很溫柔的。那一刻，我望著阿雪那嘴唇邊的微笑，猜測她是不是一個喜歡被性虐待的女人。誰知道呢，我又不是她肚子裡的蛔蟲，也許她眞的是一個喜歡性虐待的女人。

記憶三：隨便說說，項英雄的出租屋打掃得很乾淨。牆上掛著一幅裸體美女的掛曆，我注意到掛曆的時間是一九九八年，這傢伙不知從哪裡弄來的，好像他說過是阿雪送給他的（我猜測是阿雪的丈夫從外國帶回來的）。房間的天花板張貼著一幅很大的裸女畫，是那種豐乳肥臀的女人（阿雪曾經說，那個女人像她）。更令人驚訝的是，他房間有一大堆性器具，各種各樣的功能，想像他和那些女人玩耍著性愛遊戲，心裡便掠過一陣夜色撩人的感覺。項英雄說，性器具，讓你更感覺到性愛的快樂。在性愛中，越是變態，越能讓你的女人喜歡。呵！難怪這個城市有不少的性商店。項英雄喜歡逛情趣商店，看著有奇特的新產品，或者好玩的東西，便買下來。

記憶四：我想起來了，那些日子，項英雄說他似乎患上了嗜虐——喜歡看女人撒尿、大便，還有什麼的……那些女人說他變態，可是她們樂於接受他這方面的嗜虐傾向。應該包括這個阿雪。項英雄說過，當你感受女人滑膩的肉體，你要讓她得到滿足，你越給女人滿足，她們就越迷戀你……你要變成一隻野獸來折騰女人。項英雄說這句時，臉上流出一股得意的笑容。你看著他那強壯的身子，自然會想像他猛烈的牛犢般的精力。

記憶五：此刻，阿雪臉上露出了曖昧的笑容。她拿起了一條男人的生殖器，那是一種軟膠製作成的，那個龜頭居然會搖擺。那個時候，項英雄和我都吸著煙。他看著阿雪，兩眼發光。我猜測項英雄和阿雪已經很親密了，甚至玩起了性虐待的遊戲。難怪這些天來，項英雄一副紅光滿面的樣子。他說過，自從遇上了阿雪，才知道什麼叫性遊戲。當然，他不止一次說過，阿雪的丈夫是一個可怕的傢伙，據說他已經猜測阿雪有了外遇，他說過，如果阿雪紅杏出牆，他會砍了她和那個姦夫。

記憶六：有一天晚上，我們去海邊游泳，當時我們一行四人，我、項英雄、白紅和阿雪。泡在夜晚的海水裡，泡在美女的身邊，你會感覺自己融入了情慾的世界。後來項英雄提出要裸泳，阿雪馬上說：「好啊。」那時候月亮明亮，照得海灘白晃晃的，海灘行人不少。項英雄和阿雪率先脫光了衣服，竄入海水中，倆人越游越遠，像要被海水吞沒。後來，我們看到他們倆人在一個礁石旁泡著，海浪一陣一陣拍打著他倆，兩人卻像貼在一起，看得出來，倆人是在幹那種事情……我還是第一次看到有人在海水中幹那種事情。那時候白紅似乎也湧起了情慾，她對我說，我們也來吧……後來，阿雪和項英雄率先走上沙灘，倆人居然一前一後在沙灘上裸奔起來，原來他們是在比賽：看誰裸奔跑得快。沙灘上的人本來就注意到我們四人的裸泳，現在看到兩人在沙灘上裸奔起來，更是發出了噓噓的聲音……我還記得，後來項英雄說，裸跑起來，特別快啊……全身輕飄飄的……

記憶七：我甚至想，記憶意味著對混亂的屈從。我不想質疑上述的阿雪是不是同一個人……

47 伍木

這個晚上，霧氣特別重。六月天很熱，街道上騰起的熱氣會把你淹沒。他們坐在一起。這一次，是在「金夜年華」酒吧裡。坐在這裡的，幾乎是年輕人。他們來到酒吧時，她說了一句：「可惜我已經過了金色年華。」

酒吧的冷氣很足，半明半暗的氛圍讓人感覺到潛伏在海底裡。他用眼角的餘光瞟著她，那時她拿著杯子呷著酒，她的眼睛在陰影裡閃亮。她穿著一襲白裙，看上去恬靜而憂鬱。他們坐在那裡，喝著酒，更多時候是沉默。這個時候，他才想起歐陽婉和他一樣，都是性格內向，不擅言談的人。於是他藉著抽煙，來掩飾他的沉默。

此刻，他抽著煙，噴出的煙霧結成一個個的煙環，一個煙環套著一個煙環，在空中飄浮著。此刻他像玩著遊戲一樣吸著香煙。

她向他要了一根香煙。她不會抽煙，她試著抽了一口，馬上嗆了起來，她用手搧著那煙霧，說她不喜歡香煙在喉嚨裡的苦辣味。接著，她抽了好幾口，她捏著咽喉抽著煙，這個動作讓他暗暗地笑。他看著她，帶著微笑地說：「抽煙是一種呼吸運動，妳夾著一根香煙，感受指間的微熱，就像感受人世間的溫暖。」她朝他笑了笑，說：「我抽著香煙，品味著命運。」她又說：「我喜歡上了抽煙。」她很快學會了抽煙，她兩隻手指夾著那根煙，眼神有些恍惚，看上去像一個夢遊症患者。

後來，她拿起一盒火柴，劃了根火柴，嗤的一聲，一團橘黃色的火光微微顫動。她望著那根火柴靜靜地燃燒。她的眼瞼微微顫動，那張臉閃閃發光（她不勝酒力，臉頰微微泛紅，醉眼迷矇的）。

「妳看上去像一個賣火柴的小女孩。」他輕聲地說。他記得她以前喜歡看安徒生的童話。

「如果我還是一個小女孩就好了，如果人能夠再活一次，那該有多好。」她凝視著那根燃燒的火柴，「如果讓妳再活一次，妳會怎麼想？」

「我會……我會好好地愛一次……」

她劃亮一根根火柴，看著一根根火柴在燃燒。火光映照著她那張臉，不斷地映照她的臉，就像在他的記憶中、在夢境中、在陽光和陰影的交替中，她的臉不斷重現。他深深地吸了一口煙，整個胸口有一種難以名狀的憂鬱的爆發。他想到，一根根火柴，重疊著同一個燃燒的夢。漸漸地，他感覺到胸口壓著一種無法否認的激情。她彷彿是黑暗中唯一的亮光。她在他心中投下了影子，唯一的影子。

此刻，他凝視她吸煙的神態，她又吸了一支煙。她的眼光有些虛幻，她微微昂著頭，那張小嘴舒出煙霧時，努力成爲一個淡紅色的月亮。煙頭一閃一閃地亮著。煙頭。淡紅的月亮。歐陽婉。煙頭。淡紅色的月亮。歐陽婉……他凝視著她，在黑暗中凝視她的感覺，就像凝固了他的情感一樣。有那麼一刻，他屏住了呼吸，他想到，難道我要依靠這些感情來消磨我的生活，直到厭惡產生爲止？還是我一定要摧毀她，剝下她的皮膚製作人皮面具？他拿不準。事情就這麼產生，不可抑止。他和她再一次走近了。他和她的故事再一次發生了。

就這樣，故事開始了……他的眼皮眨了眨。「我成了一個眞正的狂人？我想擺脫人皮面具就能擺脫她？任何時候我都能逃離了自己的痛苦？我跟我的生活。我與人皮面具。愛情，天才，危險，恥辱或貧賤……她是我生命的最後一刻，我不能放過她的一寸光陰……邪惡的火焰霍霍作響，召喚著她，陰謀、幻覺和毀滅性的行動糾纏在一起，她不斷凸顯了自己的聰明才智……」他盯著她，把玩著酒杯，想到她雪白的裸體。他要她背叛她現在的丈夫，那個曾經在他面前趾高氣揚的生意人，那個傢伙有著高高的個頭，還戴著一副金邊眼鏡，斯文中有著一股精明。他要那傢伙忍受著對妻子不軌的懷疑……她渴望肉體的快感，渴望那種耽溺於淫欲的世界……讓她不能把握自己，迷失在情慾中……歐陽婉，落人圈套的羔羊。摧毀她。扼殺她。他想狠狠箍住她的脖子。他想像這樣的場景：他把她抵在牆壁上，用膝蓋死死頂住她的下身，用雙手卡住她的咽喉，兩個拇指往下壓下去，壓下去……

48 林一

姓名：林一

年齡：二十六歲

民族：漢族

性別：男

超聲號：六六二

超聲提示：膽囊大小形態正常，囊壁不厚、光滑，其內透聲好。膽囊壁上附著充滿大小不等的強回聲團，最大七一×六〇公釐，後方不伴聲影，不隨體位改變而移動。

圖像描述：膽囊多變性息肉樣病發。

報告日期：一九九九年六月二十六日

林一看著那張K市人民醫院彩色超聲診斷報告，他努力回想那個青年醫生對他說的：「你這麼消瘦就是因為有膽囊炎。膽囊壁上有好大的息肉。最好做手術切除膽囊……」醫生的聲音隱隱約約地響在他的心頭。事實上，他記得並不清楚。這個下午如果不是城北派出所做集體體檢，他是不知道自己的膽囊有問題。此刻他坐在「吃苦頭」餐廳，透過櫥窗，看到暮色已經落在街道上。他看了看手腕上的手錶，六點二十五分。餐桌上擺著他剛吃剩的煲飯，那個烏黑的小煲還殘留著半隻雞爪。

那張彩色超聲診斷報告讓他想到他的詩歌創作——形態、光滑、回聲、聲影、改變、移動、多變、病發……這些詞語讓他想到詩歌的質感：這顆正在衰弱下去的膽囊是希望與失望割據的膽囊。我為什麼要切割我的膽囊呢？就讓我消瘦，甚至讓我體內充滿炎症……炎症是身體的污垢……還是聽一聽屬於自己的聲音？一個警察去寫詩，就像一個膽囊有問題的人去寫消瘦的詩歌？好的詩歌總是消瘦的，庸俗的文學才是肥胖的？

司徒澤明。他的目光再一次落到那張彩色超聲診斷報告。他想起那個青年醫生司徒澤明，他有一張英俊的臉。此刻，司徒澤明讓他想起了陳B。他望著餐廳對面的向陽新街，他知道陳B租住那裡。他突然想到，陳B是無業、遊民，但寫小說，他的小說是消瘦，還是肥胖？陳B也是一個消瘦的傢伙，他的膽囊也有問題嗎？

他嘴角滑過一絲笑容。他下意識地摸了摸腰間的六四手槍。硬梆梆的手槍讓他逮到摧毀的感覺：槍殺別人。然後，他雙手拿著那張彩色超聲診斷報告，嚓嚓地撕毀了。一塊塊的紙片，在他手掌上交疊著。他不停地撕碎著紙片，紙片變得越來越小，小的碎片，更小的碎片，充滿了他的手掌。這時，有風吹過，那是牆上的電風扇吹來的風，他手掌間的紙片飄了下去，他看著它們紛紛揚揚地飄了下去，他想起一句詩：「所有的年月都是無休無止滴落的一分鐘。」碎紙片散在地上，還有好幾片散在桌子上。他看了下手錶，六點二十五分七秒。這一刻，他用食指抹下其中一碎紙片，它飄了下去，在墜地的剎那間，他看了手錶，六點二十五分十秒。他再一次看了下手錶，六點二十五分十二秒，他用食指抹下一碎紙片，在墜地的剎那間，他看了手錶，六點二十五分十五秒。

然後，他抬起了頭，喘了一口氣，這時他看到一個服務員盯著他，服務員看上去不到十九歲，應該說，她是一個嬌小玲瓏的少女，她的眼睛很大，有著一種迷惑的目光。這種目光讓他感到：此刻他看上去像一個笨拙的警察。他現在還穿著警察制服。一個警察在少女的心裡是怎麼樣的？他盯著那少女，少女白淨的臉讓他再一次想到陳B：「陳B的臉是蒼白的，一種病態的蒼白。」這一刻，少女的臉上突然飛起了兩抹紅暈，她很快挪移了目光。他笑了笑，然後把目光放在櫥窗外，暮色懸浮，街道兩旁的芒果樹靜止不動，芒果葉細長，像一片片夢的碎片，閃著陰影。暮色，芒果葉，陳B的臉。暮色，芒果葉，陳B的臉。……陳B的臉閃爍在眼前，越來越清晰，這使他驚訝起來——這個黃昏，陳B突然佔據了他的腦袋。

49 林一

那個黃昏，他們走進一間房子，發現一具屍體，一具沒有皮膚的女屍，還有一些瓶子，裡面裝有薄荷、酒精、藥粉……他們早就聽公安局刑警科的人說過，最近出現了好幾樁殺人剝皮的案子，兇手可能是一個英俊青年，兇手所殺的都是女人，而且是長得漂亮的女人。兇手喜歡剝下女人的皮膚。兇手顯然來不及埋葬屍體，怕別人發現，就匆忙逃跑了。老刀和林一是接到群眾報案才趕到這個出租屋。他們都是第一次看見被剝了皮的女屍。

房間有些陰暗。空氣裡有濃厚的血腥味。老刀望見那具血肉模糊的女屍，突然僂下身，嘔吐起來，他想不到自己會嘔吐起來，那一剎間，老刀看見林一站在那裡，眼睛有些發亮，鼻子在不停地翕動著，似乎不把那具女屍當作一回事。然後，老刀啐了一口唾沫，罵了一句：「該死的禽獸……」林一吁了一口氣，緩緩地對老刀說：「你說這個人剝下她的皮膚，用來幹什麼？」老刀說：「可能是一種癖好。媽的，我受不了，這裡的血腥味太濃了。我打電話給刑警科吧。」老刀又啐了一口唾沫，拿出他的手機，蹬蹬地走出房間門口。

林一還是站在那裡俯視著那具女屍，他看到血流了一地，像淤泥凝聚在那裡，他盯著那女屍好一會兒，然後圍著她走了一圈，再次停在他剛才站的地方，然後他俯下身子，從女屍旁邊捏起了一片很小的皮膚，那片皮膚薄得很，沾染著血，有些褶皺。他把那片皮膚捏到嘴邊，鼓起腮子，吹著它，他看到那片皮膚輕輕搖晃著，像一片葉子。他笑了笑，用鼻子嗅著那片皮膚，他的眼睛更亮了起來，就這樣，他嗅著那片皮膚好一會兒。然後，他從褲後兜裡掏出錢包，打開它，把那片皮膚放進錢包裡，然後他嘴角牽出一絲笑容。他抬了抬頭，從窗口看到夕陽把天邊染得血紅，他盯著那個夕陽好一會兒，接著低下頭，看著那具女屍，看著那些瘀血，他一下子蹲了下來，伸出右手中指，點了一下那瘀血，再慢慢曲起手指，挪到嘴唇前，血看上去有些暗紅，在他的手指上閃著光，然後他把手指伸進了他的嘴裡，好一會兒，他凝視著那根還沾著唾沫的手指，他露出了一絲笑容。這時，老刀走了進來，他說：「媽的，刑警科的人快來了。」林一說：「很好。」這一刻，老刀捏了下鼻子，看見林一走到窗子前，有些入神地望著那輪夕陽。

50 伍木

（一九九九年六月二十八日。他想不到會在這一天黃昏被警察追趕。）

暮色低垂，伍木眞想好好睡一覺，可以安心睡下去嗎？他意識到這一點：現在他是一個殺人犯。緊攥在手裡的是：你一天天衰老下去。一個人。無處藏身。人皮面具。殺人。無所事事……在街上，他行走著，一個人，沒有夢想，沒有方向，於是，他還是想到兒子，走向他的出租屋。

兒子，像油漬斑斑的鍋，你一直被它的氣味吸引，即使你已經發黴。他沿著環城河的方向走去。行人稀少。環城河上漂浮著一大堆垃圾，河水黑濁，一股惡臭撲面而來。他沉浸在惡臭當中。是的，他擺脫不了那種惡臭的襲擊。這一切的惡臭凝固起來。這條河，曾經是那樣清澈，那時他和兒子還在這裡游泳，捉魚捕蟹……瞬間就改變了許多。包括這條河。

在路過國營電瓷廠時，他看到這個曾經擁有兩千人的廠已經停產，死寂一樣，他還看到大門兩側的牆壁上張貼著黑刷刷的標語：「堅決維護工人的合法權益！」、「我們要吃飯，我們要生存！」、「國有資產不容侵犯！」、「向出賣工人利益的工賊作鬥爭！」、「堅決取締不合法的承租合同！」、「堅持到底就是勝利！」、「徹底清算電瓷廠的貪官和腐敗分子！」、「制止外來勢力干擾！」、「堅決貫徹執行市領導批示的『七條』紀要的文件精神，重新修改承租合同！」、「官商勾結，損公肥私，國法難容！」……

伍木覺得有些意外，這畢竟是有過兩千多人的國營廠，有那麼一刻他幾乎摒住了氣息。那些黑刷刷的大字吸引住他的目光。那些字寫得很難看，左拐右歪的。他想起他曾經練得一手好書法。他一度迷戀過八大山人的字畫。他聽到一路人說，這些下崗工人又在鬧事。他盯著那些標語有些出神，越發覺得那些字寫得難看。

不久，和其他幾個路人一樣，他彷彿司空見慣的冷淡地路過了國營電瓷廠。

他繼續走著。沿著環城河，走過金雞橋，走入新華北路，那就是他兒子的出租屋。在金雞橋的橋上，他看到幾條紅底黑字的橫幅：「購物取發票，幸運中大獎——K市國家稅局！」、「基本單位普查是重大國情國力調查！」、「人口警鐘天天敲，計劃生育時時抓！」、「奮戰九十天，高質高效完成肥婆灣擴建工程！」……

近了，新華北路，他再一次感覺到新華北路的親切，一種靠近親人的感覺。這時他看到一男一女騎著摩托車，衝過他的身邊，坐在摩托車後面的女人突然騰出手來，抓向了一個正在打手機的女孩，一瞬間，摩托車飆得老遠，那女孩才發現自己的手機已經被搶了。人們和她擦肩而過，彷彿視而不見。那個女孩發呆地站在街上，好一會兒才往那輛摩托車的方向跑去……

他繼續走著。在每個電線桿上他都看見黏著「代辦證件」的名片：身分證、結婚證、離婚證、未婚證、准生證、結紮證、退伍證、戶口本、美容美髮證、各類大中專學歷證書、會計師證、工程師證、電工證、焊工證、廚師證、駕駛證、行駛證、營運證……他想不到這個世界充滿了這麼多的證件。他想不到造假者這麼大膽地張貼廣告：這是一個造假的時代，一個無所顧忌的時代。他想到活在這個世界的人其實都是持證人，沒有證件你難以生活。沒有證件你只能陷在惡夢裡。他突然想到給自己的人皮面具也辦一個身分證。這或許使他感覺到安全。

他還注意到到處黏貼著「高薪誠聘」的資訊：本大酒店因業務不斷發展，需要面向社會急聘一大批內部男女公關。要求體貌端、素質好、氣質佳、國語流利，專兼職均可，月薪二萬元左右，一經錄用，即日上崗，有意者請來面試。他突然有一種去面試的衝動，他不是為了錢，而是為了那種生活，一種讓他感覺到神秘而好玩的公關生活。

後來，看見一個老頭在路邊擺象棋局，他停了下來。站在人群中看著那個滿臉皺紋的老頭，他想到自己臉上的皺紋，即使現在他戴上了〇四五號人皮面具——一張英俊青年的人皮面具——有三個青年人在旁邊嚷著要怎麼走棋，他猜想他們可能和老頭是一夥的，目的是引誘路人下棋賭錢。他有些無動於衷地看著他們的表演，後來他把目光放在對面的向陽新街，那是一條小巷，兒子的出租屋就在裡面，他想起了兒子……

突然間，轟然一聲，圍觀的人群散了開來，他看見一個警察走了過來。他很快認出那個警察是城北派出所的林一。這個林一，總是綳著個臉，陰沉沉的。他記得街上的人說林一是一個非一般的「同志」。

此刻，這個瘦高的警察向他走了過來。他的心怦怦地跳了起來。他發現林一把目光放在他的臉上。他覺得他的眼神有些詭異。一種直覺告訴他，林一是會找他麻煩的。或許因爲我的臉色太過蒼白，他把我當作一個吸毒者，他突然這樣想。他馬上轉身往一邊走去，他聽見林一的聲音：「站住……」

他再也顧不得什麼了，撒開腿朝向陽新街跑了起來。在向陽新街的街口，他看到兒子和那個女孩從巷裡走出來，兒子的眼睛睜得大大的，刹那間，兒子的臉一晃而過。「站住！站住！」林一的聲音在背後不斷地響著。「林一，我有話對你說！」兒子的聲音也響了起來。他顧不得回頭看林一，甚至看兒子。他盡力地跑著，覺得身邊的風彷彿卷成了一個漩渦，他是那漩渦中的一粒塵土。

從一條小巷到另一條小巷，他跑得氣喘吁吁，好一陣子，他才掉頭望了一眼，後面再也見不到林一的影子，他停了下來，然後看到他停在蘇屋街上，那個警察沒有追來。當然，此刻，他整個腦袋想的是兒子，他突然想折回去，看看兒子是否和那個警察發生了什麼衝突。他直覺那個警察是想貼近兒子的身邊。

51 我

這是很偶然的事情。那時，我剛好和白紅走出街口，看到林一追趕那個青年人的時候，突然有一種莫名的心跳。青年人的眼神，讓我逮到熟悉的感覺。當我回頭看那青年人的身影，一種很熟悉的身影，讓我想到了父親。這種直覺讓我的心跳得更快。如果眞是父親？被警察追捕？我很快對警察林一大聲嚷：「林一，我有話對你說！」

最近發生了幾樁殺人案件，屍體都被剝光了皮膚，這讓我想到父親的人皮面具。但我盡力不往這方面想去。如果這是眞的，那麼，我的父親仍然是我的父親。順道一提，我從來不和向陽新街的人打招呼，我不需要他們簇擁在我身邊，我需要的是寧靜。如此，寧靜致遠。換個說法，我生活在他們當中，更生活在遠方。正如我欣賞一句話：「我熱愛人類，我厭倦人群。」

林一衝出了五十公尺後，才折了回來。他盯著我，說：「陳B，你有什麼話？」

我說：「你現在還寫詩嗎？」

我曾經和白紅說過，林一會寫詩。白紅卻說，他更出名的是，他是一個同志。當然，傳言歸傳言。林一到底是不是一個同志，大家都說不清楚。即使他是一個同志，我覺得這沒有什麼可怕的。有一點肯定的是，林一總是綳著個臉。

林一說：「你，你問這個幹嘛？」

我說：「覺得你這個警察有些不一樣。」

林一說：「剛才我追的那個人你認識嗎？」。

我盯著他，說：「我不認識那個人。你剛才追那個人幹什麼？」

「這是我們警察的事情。」林一突然盯了一眼白紅。說：「你不是那個坐檯小姐嗎？陳B，你眞的愛上她？」

「這是我的事情。」我悻悻地說。

我看到林一按了按腰間的槍套。我突然有一種奪槍的感覺：「我要槍殺這個傢伙。」當然，這只是一晃而過的感覺而已。隨後我拉著白紅的手便往巷口走去。

林一卻一下子攔住了我們，他盯著我，說：「你不是想看我新寫的詩歌嗎？」

他從口袋裡拿出幾張稿紙，揚在我的面前。

我笑了笑，說：「現在我沒有心情看一個警察的詩歌。」

白紅這時說：「同志，好狗不擋道，去找別的男人吧。」

我看到林一的臉刷地紅了，然後很快地紫漲起來，他猛地掏出那支手槍，對準了白紅。我沒有想到林一會拔出槍來。他的眼睛睜得大大的，噴著怒火。

白紅說：「有種你就開槍。」

現在想起來，林一掏槍那一刻是瘋狂的，這眞是不可思議的事情。當然，每一個人都有瘋狂起來的時候。令我驚訝的是，面對槍口，那一刻白紅居然沒有害怕。坦率地說，那一刻我禁不住心驚肉跳。

如果不是老刀走了過來，我不知道林一會不會開槍。那時，老刀彷彿從地下冒出來，他走了過來。他還牽著一條伸吐著血紅舌頭的狼狗。它凶巴巴地盯著我。我甚至擔心那隻狼狗隨時會撲向我。

他喝住了林一。

他說：「林一，子彈不應該殺這樣的美女，要射向那個殺人剝皮的兇手。」

老刀這傢伙長得高頭大馬。我想他是那種粗中有細的傢伙。

當林一慢慢把槍放進槍套裡時，老刀突然騰出手摸向我的臉，我一下子用手拍著他那隻手，我說：「你想幹什麼？」

老刀涎著那張滿是暗瘡的古銅色的臉，對我說：「嘿嘿，你這張小白臉挺帥啊，你喜歡吃小妓的軟飯。」

我沒有想到老刀一下子噴出這句話。我笑了笑，說：「老刀，你永遠都沒有機會吃軟飯。」老刀的眼神銳利著呢，我有些擔心他看穿了我臉上的人皮面具。於是，我拎起白紅的手，朝巷口走去。

我聽到老刀在背後說：「小美人，當心有人把你的皮剝下來。」

此刻，我看見白紅的臉浸在一種氣惱當中，她似乎對警察有一種與生俱來的不滿。此刻，白紅的臉，讓我想起了馬蒂斯（Henri Matisse, 1869-1954）的《吉普賽女郎》（一九〇六年），我不知道爲什麼此刻會浮現那個野獸派畫家的《吉普賽女郎》。也許，美人的惱怒往往讓你想到情慾的存在。

52 我

我還記得，那個下午，林一約我去看望一個患了血癌的女詩人，這個女詩人是K市寫詩最好的，出於對她的尊重，我去了醫院。她躺在病床上，身上連著挺多的器械，整個人像動彈不得。她往日美麗的容貌蕩然無存。她光著頭，兩眼深陷，顴骨高聳，牙齒焦黃。甚至可以說，女詩人看上去像一具女乾屍。我能嗅到女詩人身體散發出臭味。那是一種類似榴連的氣味。我突然有一種嘔吐的感覺。當然，那一刻，我想到我眞實的臉，同樣的獰猙。詩人似乎很寂寞，見到我們來了，臉上露出了笑容。我看到林一似乎沒有害怕的樣子，他說話的語氣平和，後來居然和女詩人談起當代詩歌創作。

病房讓我感到壓抑。醫院裡面福馬林（即甲醛水溶液）消毒水的氣味讓我感到壓抑。特別是，女詩人身體散出的臭味讓我感到噁心。我站在那裡，不知說什麼好。雖然，林一和女詩人聊起國內一些詩人，我偶然會說幾句。可是我覺得還是壓抑。後來，我注意到女詩人的胸部有點大，與她乾癟的身子似乎有些不同。不知爲什麼，躺在病床上的女詩人，讓我想起十歲時，曾經在火葬場的停屍房看到的一具女屍。那時候我無意中走進了停屍房，看到一具具屍體整齊放在架子上，它們用白布蓋住，那白布寬大得很，一直覆蓋到架子下面。令我奇怪的是，有一具女屍顯得特別的漂亮，她沒有蓋住白布，赤身露體，我弄不清女屍爲什麼會赤裸著身子。那是我第一次看見女人的全裸，我看見她的乳房高聳得像一座小山，兩個乳頭是黑色的，像紫葡萄。她的陰毛很濃密，讓你看不清陰唇長得怎麼樣。我很想用手撫摸那兩個乳房，甚至翻開陰毛看看她的陰唇。但我沒有勇氣去做。就這樣，我盯了這個女屍好一會兒。後來我聽到有人走過來的聲音。我怕有人罵我，急忙躲藏起來，我躲在一個架子後面，走進來的是兩個男人，我認得其中一個，是這裡搬運屍體的工人，那個搬運屍體的工人對另一個男人說：「你要幹就快點，我要快點給她穿上衣服。」那個男人說：「放心吧，會給你錢。」他很快脫了褲子，趴在女屍的身上，哼哼地叫了起來。我瞪大了眼睛，我想不到他們會這樣做。我注意到那個男人的眼睛閃著一種很特別的光芒，那是我形容不出的一種光芒。

現在，我注意到林一的眼睛也閃著那種很特別的光芒。難道他愛上了這個患上血癌的女詩人？不是有人說他是同性戀嗎？還是林一有戀屍癖，他覺得這個女詩人像死屍？我突然感覺到自己有些神經質：「我怎麼能這樣設想林一呢？」那時，透過窗子，我看到天空陰暗，一場大雨眼看突然而至。我脊背上感到一陣陣的冷。這使我感到奇怪，面對這個女詩人，我會顫抖起來。有好幾次，女詩人的眼睛盯著我，彷彿看穿我臉上的人皮面具。她問我最近寫作還行嗎？我說還行。我和她亂聊了幾句，於是找個撒尿的藉口，走出了病房。

我說過，病房讓我壓抑得很。我在醫院的花園溜了一下，深深吸了幾口新鮮的空氣，然後走回了病房。我走路幾乎沒有發出聲音。我看見林一握著女詩人的手，用嘴唇親著它。這個動作，讓我怔住了。林一似乎挺投入，沒有意識到我走進了病房，他眼睛發著光，幸福的樣子。我注意到林一的鼻子翕動著，似乎享受著女詩人身上散發出的臭味。那時候女詩人瞇著眼，享受著林一的吻。林一抬起了頭，想去親女詩人的脖子。女詩人突然睜開眼睛，看到我，哼了一下。林一整個人彈了起來，他衝我笑了笑，說：「我在找她身上的詩味。」「詩味？」我怔了下。我突然想到：「屍味。」我說：「我想你以後寫詩會越來越好。」林一說：「我剛才想到兩句詩——有什麼東西懸掛陰影／在你的傷口裡，我看到陽光——你覺得怎麼樣？」我笑了笑，覺得這兩個句子並不怎麼樣。我說：「挺不錯。」我突然覺得有點窒息，我想得趕緊離開病房。於是我對林一說：「我先回去了。」林一說：「我們一起走吧！」這時，我看到女詩人的眼睛有些濕潤，似乎閃著淚光。我對林一說：「你再坐下吧！我要去接女朋友。」就這樣，我一個人走出去，把林一扔在病房。我不去猜想林一會在病房幹什麼。在醫院的走廊，我突然想到，林一也許愛上了女詩人，那是愛情的一種表現方式。

哦！愛情，誰說得清楚呢？愛情就像醫院裡面的福馬林消毒水的氣味？走出醫院的門口，天開始下起雨，我突然哇的一下嘔吐起來，我不明白自己爲什麼會嘔吐起來。我聞到那些嘔吐物散發出的氣味，就像女詩人身上散發出的臭味一樣。

53 我

一場颱風席捲過這個城市。透過窗口，我看見整個天空泛著灰色，房屋好像都罩在灰色裡，馬路上躺著無數的殘枝敗葉……我打了個哈欠，嗅到空氣裡充滿了一種腐爛的味道。那是窗欞上的木腐爛的味道。其中一扇窗門的玻璃都碎裂了。窗口下面是一片空地。空地長著雜草，堆著垃圾，那根電線桿在暮色裡立著，那個變壓器黑壓壓的。窗沿上那盆海棠花被雨水洗得光亮，那盆海棠花是白紅帶來的，此刻海棠花開得粉紅，我覺得自己能聽到白紅的心跳，就像在黑暗中，她的肩膀裸露出來，閃著一種異樣的光芒。她的眼睛含著笑意。雨點落在她的頭上，落在她裸著的胸口上。一切變得曖昧起來──不知怎的，這個念頭湧上心頭，我抓著她的胸部，她昂著臉，我站在那裡，感到雙唇發熱，而有些腫脹的感覺。

後來，白紅來了。她戴著一副墨鏡，叼著香煙，趿著一對木屐，踢踢躂躂地走進了我的出租屋。她環視了一遍房間。我的房間位於二樓，此刻房間有些陰暗，地上還殘留著水漬，撒著煙蒂、可口可樂罐子、啤酒瓶子……然後，白紅把香煙吐出了窗外，她從手提包裡拿出了一部數位相機，衝我揚了揚。我問她是不是跟她的姐妹借的。

她笑著說：「我搶劫別人的。」

我望著她嬌小玲瓏的身子，她看上去天眞無邪的臉龐，誰能想像她像一個打劫犯？這個漂亮的女孩爲什麼要當三陪小姐呢？難道爲了金錢她出賣靈魂？哦！靈魂！那又是什麼東西？

我說：「如果你有勇氣去搶劫，我就會去打劫銀行。」

她哼了一聲，說：「說不定哪一天我眞的會去打劫銀行。」

然後，她打開了CD機，播放著卡狄根樂隊的專輯《登陸月球》。那首〈愛情傻瓜〉又一次登陸我的出租屋。她笑著說：「我喜歡愛情傻瓜。」

後來，她呼地踢飛了腳上的木屐，兩隻木屐劃著弧線，墜在書桌上的那堆書上。她開始脫衣服。她說：「我要拍裸照。」

我凝視著那副墨鏡的閃光，我突然想到，脫衣服這個過程是美麗的。在脫的過程中，她似乎變得安靜下來。我是說，她輕輕地脫下她的衣裳，她身上的一切。她脫得光光的。窗子敞開著，她似乎不擔心附近的人看到她。雪白的身子。墨鏡。數位相機。我突然想到，赤裸是狂喜的誘惑。我記得，她試過沒有穿褲衩，戴著墨鏡，騎著摩托車，飛一般地奔馳著，風撩起她身上的短裙，路人看到了她裸露的下身，你可以想像那些路人驚呆的目光。可是她感到快樂。她喜歡飆車。假設是一個動作片的女主角，她突發奇想：偷車；打劫銀行；綁架富豪、當一個搶劫者；綁架者。這就是白紅的幻想。她不只一次講述她想當一個動作片的女主角，甚至是色情電影的女主角。

我記了起來，有一次，白紅和我比賽接吻時間的長短。我們兩個人接吻起來，看誰吻得久些。一開始，我們用力地吮吸著對方的嘴唇，似乎不把對方的嘴唇吮破不會罷休，我依然記得我們吮吸的聲音，一種咋咋的響聲。一個情慾的幽靈潛伏在我們心中，緊緊地相擁在一起，我看到她的臉上的汗水閃著微光，這樣的接吻似乎成爲一種刑罰（一種有趣的刑罰？）。那時候夜特別靜，月光撒進屋子裡。我的心充滿狂野。我感到一種柔情變成了粗暴的折磨，我折算起來，我們吮吸成爲一種長久的折騰，藉著窗外的燈光，我看見有些東西像流星一晃就消失了，我品嚐到一絲溫熱的、有腥味的東西，那是她嘴角的血，還是我的嘴唇吻出了血？後來，這種接吻成了一種耐力的堅持，我感到整個嘴唇都僵住了，可是誰也不想最先退出。這是另一種呼吸，長久地呼吸，我咽下了她的唾沫，她整個的呼吸，她的心跳，我融入了一種極大的滿足，我感覺整個嘴裡啜著她整個心。有些東西混和在一起，我想像自己沿著一條幽暗的小路奔跑，風從耳邊灌進來，沙啞地響著。可是，嘴唇越來越僵，下巴綳緊，僵硬。我突然感到自己褻瀆了接吻，褻瀆了愛情。後來，白紅的手搭在我的臉上，我怕她脫下我臉上的人皮面具，於是我的嘴唇率先離開了她的嘴唇。那一刻，我看到白紅探出舌頭舐了舐她的雙唇，她的嘴角磨破了，滲著血。然而，她用得意的眼神盯著我，我覺得我的嘴唇都腫了。

現在，她右手拿著那部數位相機，左手從手提袋裡拿出了一支噴霧花露水。在半明半暗的光線中，一切都顯得很曖昧。她又環顧了一遍房間，她光著身子用腳尖走了幾步，然後跳起像《天鵝湖》一樣的芭蕾舞，她的手按著那支噴霧花露水，哧哧地噴著，空氣中很快充滿了馥鬱的芳香，那是茉莉花的芳香。她告訴我，這支噴霧花露水是偷她的姐妹白婉兒的，她說白婉兒長得好美，讓她嫉妒。（我沒有見過那個白婉兒。女人的美貌是女人的生命，嫉妒是女人的天性，何況是喜歡向男人拋媚眼的三陪小姐。有時候我覺得三陪小姐都是黑色天使，她們爲做愛而活著……）她哼起歌來，一張瓜子臉發亮得很，你能想像她的大眼睛在墨鏡背後飛快地眨巴著。她的手還是不停地按著那支噴霧花露水。香氣越來越濃。我什麼話都沒說。我坐在椅子上，凝視著她。香得發膩的氣味使我陷入了一種幻想當中，我覺得她的身子彷彿浮動起來，她那肉體的陰影投在墨鏡的光亮中，成爲捕食我的光亮——色情是一種浮動的現實，她以裸露得到樂趣。

不久，她停了下來，看著那盆海棠花，她吹了一聲口哨，從花盆泥土上捉來了一條「硬殼蟲」（這種蟲像蜈蚣，比蜈蚣略小，是暗紅色，身體扁平而多節，有很多細長的足，我們一般叫它做硬殼蟲），放在手心上細看著。那條硬殼蟲在她的手心兜轉著，像迷了路一樣。她嘻嘻地笑了起來，把手裡的數位相機對著那條硬殼蟲，不停地晃動著。她對我說：「哎呀，好癢癢啊，這就是我……」那一刻，我覺得這個白晝美人像一個調皮的女中學生。後來，她整個身子傾躺在椅子上，把那條硬殼蟲放在自己的胸部，那條硬殼蟲在她的兩個乳峰上蠕蠕地爬行著，她大笑起來，晃動著那部數位相機，時而對準那條硬殼蟲，時而對準她的臉，時而對準我，時而對準地上的煙蒂、可口可樂罐子、啤酒瓶子……

後來，她朝我咧開嘴一笑，倏地把那條硬殼蟲扔在地上，然後操起一個可口可樂罐狠狠地砸著牠，把牠砸碎了。她一邊晃動著數位相機，一邊說：「你是不是覺得我好殘忍？你不覺得我好殘忍嗎？」我笑了笑，衝了過去，把那條被砸得稀爛的硬殼蟲撿了起來，一截一截地扔向她，她哇哇地叫了起來，我高舉著那最後一截的硬殼蟲，說：「這條蟲是有靈魂的，牠會向你索命的。」她說：「我喜歡牠來向我索命，來吧！」然後，她挺著胸脯，獰笑著，那雙墨鏡閃著光。我把那截硬殼蟲扔在她的墨鏡上，然後搶過她手中的數位相機，對著她的嘴巴晃動起來，我說：「把嘴巴張大些。」她啊地一聲把嘴巴張得大大的，我看見數位相機的鏡頭將她的嘴巴扯得像一個紅紅的洞口，那些牙齒白刷刷的，舌頭像蛇一樣攪動著……

後來，她突然坐在椅子上，將兩條腿張開，指著她那個寶貝，說：「親愛的，拍我這裡。」

我盯著她好一會兒，說：「眞的拍你這裡？」

她嘿嘿地笑了起來，說：「昨天有個客人對我說，眞正的男人喜歡兩個洞，一個是政治，一個是女人的陰道。你不喜歡政治，你只喜歡我這個洞，所以你只能算是半個男人。」

此刻，我怔住了，難道我僅僅是喜歡白紅這個洞，沒有熱烈地愛著她？我和白紅眞的沒有愛情嗎？要知道，有時候我渴望用愛情去旅行，去呑下整個生活。然而，這一刻我感到我的愛情沉溺於一種空想中，這種感覺像一堵牆壓倒了我，像兩排犬牙咬齧著我，像一陣風顯得那麼虛無……

54 我

這個黃昏，天空灰沉沉的，低的壓得人透不過氣來。我戴上墨鏡，在新華北路慢行，有那麼一刻我覺得自己像一個夢遊者。在舊書攤逛了一陣子，花了四塊錢買了本《福爾摩斯探案集》(二)，我突然想到，也許一部偵探小說會讓我蟄居在閱讀的快感中。事實上我討厭偵探小說，在此之前我還沒有買過一部偵探小說。項英雄卻熱衷偵探小說，口裡常常掛著福爾摩斯。

現在我看到街上又有一個超市開張了，超市門口搭了一個舞台，歌手們正在台上演出，一個頭髮長長的男歌手在唱〈餓狼傳說〉，他嘶喊著，連蹦帶跳的。四個美少女在他旁邊又蹦又跳地伴著舞。圍觀的人站成了一個圈圈。我站在那裡看了一會兒，覺得有些無聊，於是走開了十多公尺，然後坐在街邊一張長椅上，將那本書扔在一旁，凝視著街景。我坐在那裡，顯得緘默而孤獨。我看著那些時裝店、眼鏡店、精品店、鞋店的櫥窗閃閃發光。我看到那些兜售眼鏡、時鐘、玩具的小販，還有賣水果、糖水、涼茶的小販——哦，這些生活在我周圍的人們——他們匆匆的腳步，他們向人們獻殷勤的神情，讓我感到自己像一個局外人，一個被生活遺棄的人。後來我看著來來往往的女人，可是坐了好一陣子，也不見一個美女。那時候我想起了項英雄的一句話：「K城有陽光、沙灘、新鮮的空氣和零星的美女。」於是我打了個哈欠，站了起來，朝我的出租房走去。

剛踏入門口，一陣吱吱的聲音傳來，我看見一隻大老鼠跳下那張書桌，往角落裡竄去。我突然渴望那隻老鼠能停下來，和我做一個朋友，這種想法讓我啞然失笑。房間昏暗，書桌上放著那塊我中午吃剩下的蛋糕。我打了個哈欠，把那塊蛋糕扔下了窗外的空地上。藉著窗外的光線，翻閱著《福爾摩斯探案集》（二），我看到那幅福爾摩斯含著煙斗的插圖，還有一段文字——夏洛克·福爾摩斯推開他一口也沒嚐過的早餐，點著了索然乏味的煙斗，這是他默然沉思時的伴侶。——《恐怖谷》，「我倒以為……」可看了兩頁，我又厭倦起來。我感到索然無味（這就像福爾摩斯的煙斗？）我又打了個哈欠，放下那本書，我發覺現在我很難讀得下任何一部偵探小說。

我一頭栽倒在床上，雙手放在腦後，兩眼盯著天花板，可能是最近老是下雨，天花板上長了不少黴斑，黑乎乎的。在橫樑一角，結著一張積滿灰塵的蜘蛛網，一隻蜘蛛吊著一根絲垂下來，趴在半空，一動也不動。我凝視了那隻蜘蛛好一陣子，那是一隻很小的灰色蜘蛛，我想到了黑澤明的電影《蜘蛛巢城》，對片中那個令人毛骨悚然的幽靈印象深刻：「彷如魔幻般的夢……」這時候，我聽到蚊子在我耳邊嗡嗡地叫，靜寂中，蚊子像轟炸機一樣叫著……好一陣子，把目光移到了牆壁上，有風吹過，牆上那盞紅燈籠微微地晃動。哦！一盞看上去嶄新卻有著許多個小窟窿的紅燈籠……目光落在牆上那些仿製畫，那是父親親手掛上的仿製畫，梵谷的《向日葵》、亞諾德·伯克林（Arnold Bocklin）的《嬉戲的水澤女神》、恩索爾（James Ensor, 1860-1949）的《面具圍繞著藝術家的肖像》和《令人驚駭的面具》，孟克（Edvard Munch, 1863-1944）的《吶喊》（*The Scream*），最後停在那幅嗣治的《生命戰勝死亡》上——塵封垢積，一隻狗正沿著塵封垢積的樓梯往上爬，樓上躺著的骷髏旁邊站著一個裸女（可以看到她的腹中懷著雙胞胎），而斷頭台浮現在背後；星光閃閃的天空，另一個躺在月牙上的裸女偷窺你殘缺的夢……

我打開了日光燈，脫下了人皮面具，看著那張人皮面具，我突然感覺到它有一種沉重感，這一刻我想起了一個雜誌刊載的：「非洲人民能歌善舞，常常戴著各種面具跳舞，據說這些面具大都很重，最重的可達到三十公斤左右，在跳舞時，必須有幾個男子輪班來戴才行……。」拿著那面小鏡端詳著自己的臉，那紫紅色的疤痕裡黑斑越來越多了，我猜想是不是因爲臉好久沒有見過陽光，黑斑反而增多。我感到煩躁，拿出那包羊城牌香煙，才發覺裡面沒有香煙。我在屋子裡尋找著香煙，我總是把香煙到處亂扔。好一會兒，在抽屜裡找到了一包五二〇香煙。這是白紅帶來的香煙。我抽出一根香煙，發覺這種香煙有些細長，煙蒂呈現一個心形的洞，裡面鑲著一顆紅心。我點燃一根香煙，深深吸了一口，很快感受到香煙裡有一股淡淡的玫瑰花香味。我禁不住看著那個煙盒：尼古丁，〇·七毫克；焦油，八毫克；成份：煙葉、香料……

一種莫名的煩躁襲擊了我，我叼著香煙，滿屋子轉來轉去。五二〇香煙的煙味實在太淡了，我有些奇怪白紅爲什麼會抽這麼淡的香煙，我記起她說過，這是她以前那個歌手男友喜歡抽的香煙……在內心深處，白紅還是愛戀著那個男歌手？我皺了皺眉頭。這時我看見床角上還有一包雙美牌煙絲和一疊煙紙，那包煙絲的外表印刷著兩個穿著旗袍的美女，好像是民國時期上海的妓女。像是在黑暗中發現了一線光亮，我捲了一支大炮煙。我記起父親喜歡捲大炮煙抽。五二〇香煙很快地在我嘴邊消失了。凝視著那兩個美女，我兇狠地吸著大炮煙，像煙囪一樣噴吐著煙霧，那種濃鬱的煙味讓我沉浸在幻想中，我渴望自己死在這煙霧裡，死在那兩個美女的目光中……

後來，拿起白紅留下的那台數位相機，我決定拍下自己的臉，看看這張臉拍成之後會怎麼樣。左臉、右臉、左臉側、右臉側、額頭、嘴角、鼻子……不斷地用特寫鏡頭，不斷地做出各種表情，我覺得自己像喝醉的酒鬼，迷戀上了自己的臉。（我有時對著鏡子，做著鬼臉——這讓我感覺到我站在陰暗中，目露凶光。我翕動著自己的鼻子，在呼吸一種醜陋的存在）是的，我做著各種表情，哭泣、嬉笑、大笑、微笑、憤怒、驚訝、痛苦……扭曲的形象、惶惑的目光、痙攣的線條……對著數位相機，我發覺我所有的表情都陷入了同一種表情，一種恐怖的表情。這就是，在一張臉看到了自己的遊戲。這一刻我才明白到，一張猙獰的臉，只有猙獰的表情。我雙腿軟了下來，我一下子坐在地上，發呆了。一瞬間，一個意念結束了我的熱情。我很快刪掉了那些鏡頭。然後，什麼都沒有了。再一次拿起鏡子，我發覺雙眼佈滿了血絲。我坐在那裡，看著自己的側影，就像看著一個陌生人的存在。好一陣子，我想剛才自己要幹什麼，要尋求什麼。可是我發現我收穫的是空虛，空虛，空虛……後來，我注意到天色昏暗，關掉了白熾燈，我閤上眼睛，很快睡著了。

我做了一個夢，夢見一個沒有臉、有一雙眼睛的孩子，我是說他的臉隱形了，你看不見他的臉，只看見他一雙眼睛。他那雙眼睛懸浮在他的頸脖上，那雙眼睛很大。他一開始在半空中飄啊飄啊，那雙眼睛隨著細小的赤條條的身軀漂浮。後來他墜在一個房間裡，房間牆壁長滿了青苔，天花板上也長滿了青苔。一陣風呼地從那唯一的三角形的窗子吹進房間裡，孩子那雙眼睛眨巴了一下。那些青苔居然會說話，它們一個勁兒地尖叫：「夢想成眞、夢想成眞、夢想成眞……」那個孩子站在那裡，看著那些青苔撕裂成一張張墨綠色的嘴巴，就像一個個喇叭。哦，那些喇叭嵌在牆壁上，就像牆壁上綻放了一朵朵的花兒。好一會兒，他也叫了起來：「夢想成眞、夢想成眞、夢想成眞……」這時，他的嘴巴突然顯現出來。這就是，他隱形的臉浮現了一雙大眼睛、一個小嘴巴。那些青苔哈哈大笑起來，它們的嘴巴張得更大了，孩子隱沒在一片光影中……後來，孩子突然落在大街上，他東張西望，一雙眼睛閃閃發光，一個嘴巴囁嚅著。人們驚慌地看著沒有臉的他，後來有人拿起了掃帚，向那雙眼睛、那個嘴巴拍了過去，孩子奔跑起來，一雙眼睛、一個嘴巴在空中奔跑起來……

55 我

那天晚上，我脫了人皮面具，戴上一條挺粗的鍍金金鏈，走了出去。坦率地說，我覺得那條鍍金金鏈讓我有一種粗暴的感覺。我有些惶然，不知去哪裡好。雖然我知道自己越來越喜歡脫下面具，在外面走動。我說過，當我剝下面具時，我覺得自己像一個暴徒。當然，在白天，我不敢脫下面具走到外面。我擔心鄰居們會發現我。

我走著，隨意看著街上的人與車，偶爾碰上迎面而來的行人，他們會被我的臉嚇了一跳，特別是那些女人，她們驚訝的目光讓我感到莫名的興奮，我不再爲我的臉感到難堪，相反，我看到了一種刺激：現在我沒有名字，沒有熟悉的朋友，今晚我什麼也不是，僅僅是一種虛擬的空氣。

當然，我有時會緊張起來，警戒著熟悉的人。比如，有時我會浮現老刀那張滿是暗瘡的古銅色的臉，他似乎涎著臉，啐了一口唾沫向我走來。還有老刀那條狼狗，它看起來兇惡。當然還有林一，繃著臉的林一。狼狗。老刀的臉。林一。眼睛貼近，疊在一起。我想像我的臉在他們的監視之中。當然，這或許是我的過於緊張。或許，他們壓根兒不把我放在心上。

後來我走到了城北的蘭花路，它毗鄰建設路。我聽說這裡是同性戀者出沒的地方，我莫名地感到一種興奮。同性戀這三個字，讓我想到林一。我不知道他是不是眞的同性戀者。當然，這並不重要。即使他是一個同性戀者，我也會尊重他。我知道，最近K城發生了一次械鬥，械鬥的地點是蘭花路。據說，那個深夜，嘶殺聲很響，雙方拿著長刀，砍殺著，打鬥持續了差不多半個小時，警察才駕著警車撲了過來。有人說，那是K市兩個黑社會組織一次最厲害的鬥毆，血灑了一地。

蘭花路其實是一條老街，據說解放前是妓女雲集的地方。在這裡，你能看到一些滿目瘡痍的騎樓，一種中西結合的建築：古希臘的立柱，古羅馬的拱形結構，巴洛克風格的圖案灰雕，中國的書法、各種吉祥圖案及中國化的希臘式山牆。一路上，我打量著蘭花路的舊建築：小小的歐式陽台、斑駁的牆面、剝落的灰雕、黴爛的窗檽上厚重的裝飾邊條……還有國民黨的青天白日旗和黨徽、放射光芒的毛澤東頭像、文革時期的標語都依稀可見。

我東張西望，走得悠閒。（走在夜晚的街道時，我有時浮現契里柯那幅名畫《街上的神秘與憂鬱》。在那裡，彷彿飄浮著一個意象：那個行走的少女其實是穿越暗影，穿越愛情與幻象……）我突然想到過去這些騎樓下面的妓女，她們向著行人拋著媚眼。這個時候，我看到前面有一個女人行走著，她穿著一襲紅色的旗袍，一頭瀑布式的披肩黑髮，那條修長的腿顯得特別白，她的旗袍下擺幾乎觸著地面，一晃一晃的，像波浪輕輕地波動。她的背影讓我感到一陣激動。一切都亮在眼前，我享受著這個穿旗袍的背影。我突然間感到憋尿，然後我竄入一條小巷，奔向一個廁所。

這個廁所是不收費的，有些狹長，衛生紙撒了一地，尿水橫流，臭氣使人幾乎窒息。我管不了那麼多，站在靠近門口的一個地方撒起了尿。這時，我看到一個瘦長的傢伙從裡面走了出來，他長得清秀，看見我時他瞪大了眼睛，他停在我旁邊，眼神有些曖昧。我只能用曖昧這個詞形容他。我被他的眼神弄得有些不知所措，以致那泡尿撒了一半突然停止了，我感到有些難受。這時我聽見那傢伙說：「我喜歡你。」我嚇了一跳。我早就聽說，在蘭花街這裡，經常有同性戀者在廁所向人示愛。那傢伙又說：「你太有男人味了，我喜歡你。」還未等我反應過來，這傢伙突然貼近了，使勁地親了下我的臉，然後迅速地彈了開來，向門口奔了出去。我怔住了。我想不到我醜陋的臉居然讓這傢伙說我有男子氣概。這有點惡作劇的性質？我禁不住笑了笑。我拭了一下被他親過的臉頰，那裡還沾著一絲唾沫。這一刻，我突然感覺到一陣噁心，因爲廁所的惡臭讓我幾乎要嘔吐出來。

我跑出了廁所，那個傢伙已經消失了，想到剛才的情景，我感到有些可笑。我深深地吸了一口空氣，感覺到空氣裡似乎有一種香氣，是茉莉花的香氣。這時，我瞪大了眼睛，看到那個穿紅旗袍的女人從我身邊走了過去，她剛從女廁所走了出來。我突然感到莫名的心跳，我想來一個惡作劇，來戲弄一下這個穿旗袍的女人。於是，我走上去，朝那個女人說：「我喜歡你。」女人轉過身，凝視了我一會兒。我覺得她的眼睛有些熟悉。奇怪的是，她看到我的長相沒有感到驚訝。一般來說，女人突然看見我這幅尊容都會大吃一驚，甚至發出尖叫，她衝我笑了笑，然後轉過身子，想走開。我又說：「你太有女人味了，我喜歡你。」女人不理會我，向前走去。我奔了上去，朝她的臉頰親了下，然後跑開了。然而，我跑了數步，停了下來，看見那女人已經拐入另一條小巷。我急忙跑了過去，夜色陰沉，路燈散著昏黃的光，小巷有些陰暗，小巷裡面還有幾條更小的巷道，我不知道那個女人走向了哪條巷道。一瞬間，我站住了，有點迷途的感覺。

56 我

我朝一條小巷走去，我希望能碰上那個穿旗袍的女人。小巷陰暗，充滿臭水溝的氣味。我突然想到，白紅的出租屋就在這附近。我想到白紅那天晚上拿刀子劈人，決定去白紅的出租屋溜一溜。我呵了一口氣，看見夜色有些暗紅。就在這時，我感覺到身後有人走動，還不等我轉過頭，就聽見一個男人的聲音響起：「不准動，把錢包拿出來，否則我捅了你。」

我感覺到一把尖刀頂著我的後背。我想不到此刻會遇上打劫的。不知怎的，我居然沒有害怕。

我記得以前遭遇打劫時，我的心跳得特別厲害。此刻我很冷靜。我磨磨蹭蹭地從後褲兜掏出了錢包。

「快點。」

那個聲音又響了起來。

我歪了歪頭，側著身子把錢包遞給了他。他是一個瘦長的青年，令我驚訝的是，他身邊站著一個女孩，居然是白紅。此刻，白紅拿著一把細長的西瓜刀。

那傢伙和白紅看見我的容貌，似乎吃了一驚。

然而，白紅揚了揚手中的西瓜刀，說：「你這混蛋，看什麼看？」

那青年一手奪過我的錢包，看見我頭上的金鏈，想一把扯了過去。金鏈挺粗，他一下子扯不過去。我卻感到一陣疼痛。我突然湧起一陣惱怒。我呼地一拳擊了出去，打在那傢伙的眼眶上。然後，我又踹起了一腳，踹中他的陰部。我想不到自己會這麼英勇。那傢伙痛得趴下了。接著，我一腳將他手裡的西瓜刀踢飛了。

這一刻，白紅被我的英勇震住了。然而，她大喝一聲，很快揚起了西瓜刀，向我的面部劈了過來。我急忙一閃身，右手抓住了她持刀的手，左手像刀一樣切在她的手腕上，她啊了一聲，我奪過她手裡的刀。

這時，巷子深處傳來了急速的聲音：「別動，警察……」

我看到幾個警察朝我們這邊走了過來，領頭的正是林一。快跑！我很快扔下了刀，一把扯住白紅的手，朝另一條小巷跑去。

白紅有些不知所措地跟著我跑。可是跑了一段，白紅拋下了我，從另一條小巷跑開了。這一刻，警察在後面追趕著我。我猜想他們一定是在這裡伏擊，準備抓那些專門打劫的傢伙。我沒有想到此刻我成了警察眼中的打劫犯。如果被他們捉住，他們盤問起我的身分，我眞的不知該說什麼。

我拚命地跑著。我想我絕不能讓他們捉到。追趕我的是林一。我聽到林一的聲音：「再跑我就開槍了。」

我邊跑邊回頭看，我看見林一掏出了手槍。這一刻，我剛好跑到三條小巷的交叉路口。我急忙拐進了另一條小巷，竄上了一幢商品樓。我跑上了二樓，看見一間房子剛好打開了房門。我看見客廳剛好沒有人影，於是竄了進去。我見到有個女人在廚房裡，於是我溜進了一間房間裡躲了起來。我靠在房間的床墊上，輕喘著氣，突然有一種虛脫的感覺。藉著客廳的燈光，我逐漸看清這間房間的佈置，還能看清房間掛著一張很大的照片，那是一個女人的照片，瞪著一雙看上去憂鬱的眼睛。我終於喘過了氣，決定離開這裡。我沒有想到房間的燈刷地亮了起來，一個女人出現在房間門口，她瞪大了眼睛，望著我。

我急忙說：「我不是壞人，你不用害怕，我不會傷害你的。」

女人還是注視著我。女人看上去有三十多歲，長得清秀，有些瘦。

我又說：「我是被黑社會追殺，才跑到你這裡來的。我馬上離開。」

我見女人還是盯著我，眼睛發亮。於是，我站了起來，要從女人身邊走過。

然而，女人一把拉住了我的胳臂，說：「請你別離開我……」

我禁不住瞪著她。

女人朝我笑了一下，她的手伸了出來，撫摸著我的臉。我感受到她的溫柔。她的手越來越有激情地撫摸著我，她的眼睛釋放出了熾熱的光芒。說眞的，我有些不知所措，我想不到她會這樣做。好一陣子，她用嘴唇親吻著我的臉，還用舌頭舔著它。這個女人完全陷進了一種激情中。我禁不住亢奮起來，伸出手握著她的乳房。然而，當我握著她的乳房時，像握著空空的存在。她的乳房是空的？我有些驚訝地望著她。女人停止了親吻我的臉，她站住了，看著我，慢慢地脫去了上衣，脫去了乳罩。這一刻，空氣彷彿變得沉重。我震住了，她的胸部平平的，雙乳居然被切去了，只有兩處紫黑的刀疤橫在那裡。她眼裡流出了淚水，她的聲音響起：「你知道嗎，我自從因病切除了雙乳，就患上了性冷淡……可是今天我看見你時，有了性衝動……你會看不起我嗎？」女人的眼淚簌簌地流著。我一下子伸出了手，輕拭著她臉上的淚水。我撫摸著她的眼瞼。然後我把嘴唇探了下去，親吻著她胸部的兩處刀疤。我聽到女人發出了呻吟聲，有那麼一刻，她的淚水墜在我的臉上，我感覺很舒服……

57 伍木

那個黃昏，空氣陰涼而潮濕，在美麗工作室，他脫得精光，拿出了那些歐陽婉的人皮面具。一共四張。編號分別是〇〇一號、〇一〇號、〇二三號、〇三六號。他逐一看著它們，眼睛閃出了淚珠。那張〇三六號人皮面具特別精緻完美。當他捧著它時，雙手顫抖起來。他搖了搖那張〇三六號人皮面具，彷彿看到歐陽婉的臉在晃動，他使勁地搖了起來，面具發出簌簌的響聲，他似乎聽到歐陽婉在呻吟，這讓他興奮起來，當他更用力地搖著那張面具，她的臉彷彿在水中游蕩起來。後來他又試著把〇三六號人皮面具扔到半空，它一晃一晃地在空中飄浮著，像一個斷了線的風箏，然後他把它接在手裡，雙手捧著，像看一張臉在他手裡誕生似的。歐陽婉。他再一次浮起了她的臉，他輕輕吁了一口氣，然後把〇三六號人皮面具戴上了。

他站在鏡子前，看到「歐陽婉」在向他拋著媚眼，然後他嘿嘿地笑了。他很快穿上了那襲紅色的旗袍。這一刻，鏡子裡出現了一個美女，那襲紅色的旗袍讓「歐陽婉」婀娜多姿。「歐陽婉」再左搖搖，右晃晃，像一個嬌美的模特兒，擺弄「她」的身段。後來，他停了下來。他一動也不動。鏡子裡的「歐陽婉」凝固起來，像一具塑像。他盯著她的手臂。白皙無瑕的手臂。他突然想到，如果把「她的」皮膚剝下來會怎麼樣？這一刻，他又有了感覺。他走過去，拿起了手術刀。對著鏡子裡的「歐陽婉」，對著「她」的臉，他手裡的手術刀比劃起來。手術刀閃著亮光。當然，他很快意識到，鏡子裡的「歐陽婉」就是他自己。剝下自己的皮膚？就在這一會兒，他意識到自己原來有著很好的皮膚。現在，他急切地想得到一個「終點」——他開始瞄住了自己的身體。如果他把自己的皮膚剝下來，會有怎麼樣的感覺？——噢，這個念頭會最終落在他的身上，讓他感覺到自己掐斷了生命最後的誘惑？那一刻，他拿著的手術刀，輕輕地劃過他手臂上的皮膚，他看見血很快地冒了出來，他感到一陣暢快，然後才感覺到一種劇痛。那一會兒，他忍不住流出了眼淚。他凝視著鏡子的「歐陽婉」，那掛著眼淚的「歐陽婉」，又產生了一陣暢快。哦！「歐陽婉」，妳也會流眼淚。他呻吟著，然後又用手術刀輕輕劃了一下「歐陽婉」的手臂……

58 伍木

午後。他坐在新華北路的「吃苦頭餐廳」，他弄不明白老闆爲什麼會取一個這樣的店名。餐廳正對著向陽新街，他渴望此刻能看到兒子的身影。他想看看兒子的面容（即使兒子戴著他的人皮面具。他隱匿了最強烈的感情：就讓父子倆人天各一方吧！他只是一個不盡職的父親，他無法爲兒子建立一個愛的世界，只帶給他屈辱與羞恥）。可是他擔心警察會發現他，他不敢戴上英俊青年的人皮面具，就像上一次他被警察林一追趕。他更擔心讓兒子無所適從，他知道兒子是堅強的。兒子，他還有寫作的夢想，夢想讓他活得充實。而他陳森林（伍木），卻不再有什麼的夢想？人生最可怕的是你不再有夢想？他活在這喧囂而寂寞的世界，卻無法擁有熱血、自由和夢想？一切彷彿隨風而去？

只有無邊的寂寞與麻木?他死氣沉沉?

透過櫥窗他看見下午白晃晃的陽光。新華北路是一條商業步行街。幾個長相漂亮的女人從窗外走過,他看著她們的身影,突然意識到自己此刻也是女人。然後,從晶亮的餐匙中,他看到了一張熟悉的臉——白婉兒的臉。那是他的〇三四號人皮面具。現在他是白婉兒。他舔舔嘴唇:舌和唇似乎都不是他的。然後,他看到旁邊一個臉龐寬大的中年人色瞇瞇地望著他。此刻,他穿著一襲黑色的長裙,還塗了黑眼眶、黑嘴唇。他最近老是感覺到胃疼,他懷疑自己可能得了胃病,甚至是胃癌。想到這點,他越發覺得自己已經虛無。他突然想到一句話:「你是死亡中的一員。」他再一次瞄向了那個臉龐寬大的中年人,中年人的眼神依然色瞇瞇。於是,他衝對方笑了笑。他想到一個詞:「莞爾一笑」。中年人有些受寵地衝他笑了笑,露出滿口的大牙。他想到自己依然還有一口碎牙,便覺得自己越發像白婉兒。他有些賣弄風情地搔了搔披肩長髮,那是一個漂亮的假髮。中年人居然走了過來,涎著一張臉坐在他的旁邊。中年人說:「小姐,妳好漂亮。」他笑了笑,說:「是嗎?」

這時,他看到向陽新街走來了兩個人。是歐陽婉和他的兒子陳B。他沒有想到兒子會和歐陽婉在一起。他看到兒子依然戴著那張虛假的人皮面具。顯然,歐陽婉來探望他。歐陽婉,他曾經的妻子,他曾經一路跟蹤、想剝下她皮膚的美少婦。他看到兒子和歐陽婉走進了這家吃苦頭餐廳。他突然感覺到有些無所適從。那個中年人還色瞇瞇地向他獻殷勤,他說:「小姐,妳還想吃些什麼?」

他從他攜帶的小皮包裡掏出白婉兒的名片，遞給中年男人，說：「這是我的名片，我們以後再聯繫。你現在快點走開，我要等一個朋友。」中年男人接過名片，說：「原來妳在國際大酒店夜總會工作，我經常到那裡。好的，我今晚去那裡找妳。」中年男人有點依依不捨地走開了。他把目光再一次落在兒子和歐陽婉身上。他越發覺得歐陽婉美麗動人。有那麼一刻，歐陽婉的目光落在他的臉上，他嚇得心撲撲地跳了起來。

後來，他看到那個叫白紅的女孩走進了餐廳。他看到兒子在歐陽婉面前親熱地摟著白紅的肩膀。他倆的親密讓他顧影自憐。他隱約感覺到內心升起一股潮濕的氣息。他彷彿聽到他手掌裡的血液一陣陣流動聲。是的，他感覺到自己在等待著什麼。那可能是一種血的流動的場面。有那麼一刻，下午的陽光讓他感到頭昏眼花。他甚至感覺不到街上來來往往的車與人。他只看到白紅和歐陽婉。

當然，他覺得自己並沒有陷入軟弱的泥淖。他突然想到，如果要剝下歐陽婉或白紅的皮膚也是很自然的事。女人不過是男人的玩物。摧毀她們等於熄滅一支香煙一樣簡單。當然，一瞬間，他還是為這一想法感到有點慌亂。一瞬間的慌亂，就像一個邋遢的男人遭遇了有著潔癖的女人，我看到了自己陷進了摧毀歐陽婉或白紅欲望的陷阱裡。

這一天特別倒楣。一個死亡的使者光臨了他的空間。他開始殺死了自己：讓自己變得殘酷。他明白自己變得狠心。多年前他喜歡閱讀《罪與罰》。現在他覺得自己像那個窮大學生，一心想做超人，去殺害那個富有的老太婆。他變得狠心了，的確是。

究竟是愉悅了自己，還是蔑視了兒子？一瞬間，他看到了那種亂糟糟的局面：白紅正和兒子在一起，表情曖昧地。看得出來，他們已經親密無間。而他想充當他們所謂的愛情劊子手。

這沒有什麼意味。殺死一個美少女是很正常的。白紅，另一個歐陽婉，那只是兒子的世界少了一個女人而已。兒子本就應該遠離女人，這才能使他更專心於他的寫作。藝術與寫作本就是屬於孤獨的世界。兒子本就應該遠離女人，遠離曖昧與性。這樣想來，他又覺得自己並沒有違心：一切的死亡都是有價的，如果美少女的死亡能使兒子更專心於寫作，豈不是更妙的事情？

這時，他注意到美少女嘻嘻地笑了起來。他不知道此刻兒子、歐陽婉和她說些什麼。此刻餐廳幾乎坐滿了人，聲音吵雜。他坐的地方隔了他們三張桌子。他感覺到自己無法融入這雜訊中。他突然覺得自己像一隻野獸，陳森林，一隻赤裸裸的野獸，以暴行與自娛爲爪子，然後從中逮到快樂、兇殘、血、性……就是這味兒：自由的方式。異常的愉悅。什麼都可亂來。不管怎麼得試一試。你開始將暴力與血揉進了內心渴望的世界……

兒子、歐陽婉和白紅還在有說有笑。他弄不明白他們爲什麼這麼融洽。他有些妒忌歐陽婉，這個曾經拋棄了他和兒子的女人，現在居然得到了兒子的原諒。他現在僅僅是瞪著眼睛望著她。他相信，再過些時間他就能摧毀她了。

59 我

一九九九年七月一日。項英雄，他死了。那天我聽到白紅說項英雄死的消息，我沒有感覺到震驚。（白紅在去我的出租屋的路上看到項英雄躺在那條大街上，那時人們團團圍住他。然後她打通了我的電話：「項英雄，他死了，快來看……」她的聲音顫抖。）也許在內心深處，我埋藏著項英雄總有一天會死無葬身之地的預感。那個黃昏，殘陽如血，項英雄是死在馬路上的，被一個女人的丈夫足足追趕了四條大街，然後用刀砍死，那時項英雄整個身體是赤條條的。我想像赤條條的他狂奔在大街上，女人的丈夫拿刀兇猛的樣子……我想像赤條條的他躺在那條大街上，血浸染著他，雙眼死魚一樣瞪著這個世界。我甚至想，生活方式猶如一條蝸牛留下黏液的痕跡，決定你能滑行出怎樣的路徑。項英雄不過死在他的慾念裡，死在他的最後的渴望中——他是渴望這樣痛快淋漓、驚心動魄的死法。那天我沒有去到項英雄出事的地方，我是走到半路又折回我的出租屋。或許我不想看到他死去的樣子。或許我想讓項英雄活在我的記憶或想像當中。

我一走入我的出租屋就忘卻街市襲擊了我。喧鬧聲、車輛聲總讓我感到煩躁。我深深地吸了一口香煙，一瞬間，一種激情從胸口升起，進入我的喉嚨，我隱約感受到自己進入一種對項英雄死亡的悼詞當中。一種沒入沼澤的感覺……在你的唇間，香煙是一種惡。我浮起了這詩句。現在，我和我的煙霧漫步在這裡：這裡我所看到的是，一隻沉重懸吊著的眼皮，一些低垂的空氣，一個我，垂頭喪氣的我，像一個光禿禿的燈泡。我現在需要的是別人狠狠地揍我一頓。我浮起以前項英雄打拳時的情景，這使我成爲一個軟弱的我。我覺得有些東西侵蝕著我，我甚至有一種觸電而死的感覺。我擠在我的內心裡，我的身體隔斷了外界，我的心享受著自己的幻想……

後來，白紅來了。她對我沒有去看項英雄最後一面感到奇怪。白紅不斷說項英雄死得多麼可怕，血流得多麼厲害……直到後來我打斷了她的聲音，我說以後不要再說項英雄的死了，好嗎？不知是不是項英雄之死的原因，我注意到白紅的頭髮閃閃發光。我聞到白紅身上湧現了香氣，一種濃烈而好聞的稻草味，這讓我驚訝，我似乎看到了稻田、稻穀之類……出於某種不可思議的原因，這使我感受到幻覺，我覺得自己越來越陷入一種光芒四射的「灰暗」中：這是一種暗傷、傷感、傷口、傷痕、傷痛……我意識到這些詞語蜂湧而來，然後切割著我。就像這種情景顯現出來：一匹馬、兩匹馬、一群馬，衝過了臨街的店鋪……事實上，此刻，一切都顯得靜悄悄的。靜寂。靜寂破壞了我的感覺，我所聞到的是稻草的香味。這香味瀰漫在我心裡，像一種甜蜜的謀殺。呃，甜蜜。黑暗中伸出的拳頭。我擊中自己的頭部。這是黃昏。我的生活似乎瞬間失去了價值。我就是另一個項英雄。我就是幻覺……

爲什麼我總是能產生幻覺？如果這是一種不帶感情的幻覺，我會感到自己激動得有些可笑。這成了我的習慣，我沉湎於一種神經質，流滿血光的想像世界。這讓我感覺到我是在骨頭裡繁殖謬誤。

呃，我感覺自己用直覺開始旅行。

對於白紅，現在我能體會到她的雙重面目。她一直隱藏著它，以溫柔親愛的面目接近我。接近我，接近那可能是愛情的東西。

花朵依舊，俯下身，我能嗅到她肉體的芳香。她的裸露依然是我赤裸的晚餐。擁著她的腰，擁著充血的空氣，擁著一種驚歎，不再從肉體的虔誠中驚醒。這溫暖、散發香味的場面，這是我習慣了的場面：在她熟悉的身體上，我能尋找到她的溫暖，沒有羞恥，含著微笑，沒有項英雄之死，彷彿是這樣的一個夜晚，一堆乾草，兩個乾旱已久的肉身，然後看到星星閃爍在我們的呻吟裡，就像那個晚上，我從一個切除雙乳的女人那裡得到了快樂，當然我也讓那個性冷感的她得到了高潮，每次想到她的眼淚、她的呻吟，我都會感動。

此刻白紅的手有著星光，閃閃發光的眼睛。無法掩飾的她，一如既往。沉湎星光。光滑的故事背後，依然是我們的身體。我能看到她臉上滲出的汗，幻滅一樣的潮濕的記憶，就像啤酒冰涼而苦澀的味道。我們做愛的時候，她喜歡熄滅電燈，點上一盞紅燈籠。那紅暈暈的光芒，像血一樣濺滿了空間。應該說，這個空間瀰漫著血的光芒，我們成了兩條流動在血液裡的魚。白紅喜歡紅色，她甚至把我的出租屋的綠色窗簾都換成了紅色。她說那窗簾會像彤雲一樣衝擊我的眼睛。她還說，當我孤獨時看著那紅窗簾，會情不自禁地想到她的身體。白紅說過，每次看到紅色，她都覺得安靜。

我們在紅色的世界裡親熱、做愛。我們要忘掉項英雄的慘死。那時候白紅會感覺到安靜嗎？這種拷問總是不經意地跑過我的心坎，讓我想到我們像活在一面鏡子裡。於是，鏡子裡的影像變得模糊起來，我們只看到自己的紅色幻影。生活在鏡子裡，生活在安靜裡。……或許，這是另一種形式的安靜，一種黏滿了虔誠的紅色的安靜。

有時候，我想我的出租屋成爲窩藏她的避難所。這是一個窩，她的宮殿，她的肉體的平台，她的鳥籠。甚至大膽地說，我成了她的避雷針。這個女孩，居然會拿刀劈人。如果不是我親眼看到，我是不會相信她會拿刀劈人的。我甚至想她是黑社會性質的頭目。我得承認，我長駐自己的世界，我的寫作就是擺脫庸碌這個獨生子的避孕藥。我甚至想，她比我堅強得多，和她相比，我僅僅是一個窩囊廢。我只在文字的世界裡興風作浪，而她卻能在現實中拿起刀子。

我的目光掠過她的臉龐，穿過紅色的光暈，投射到牆上的仿製畫上，那是父親親手掛上的仿製畫。梵谷的《向日葵》，嗣治的《生命戰勝死亡》，恩索爾的《面具圍繞著藝術家的肖像》和《令人驚駭的面具》，孟克的《吶喊》，亞諾德．伯克林的《嬉戲的水澤女神》……一種油膩的感覺衝擊著我，我感覺到我的視線模糊。這是父親殘留的味道。這會兒，面對這些油畫，我感覺到自己生鏽了，就像梵谷這類蒙滿塵土的不朽者一樣，父親是我記憶中的黑暗與彤雲。

後來，白紅靠在牆壁旁，掀起那紅窗簾的一角，用眼角的餘光瞄著窗外，像是聆聽著一種虛無的存在。這是她經常做的動作，就像她睡覺時喜歡脫得赤條條的，她說那樣子才睡得舒服。此刻，外面下著雨。雨珠兒繁雜地打著窗上的玻璃。有風吹來，那盞紅燈籠微微搖晃起來，你能見到裡面的燭光有些驚慌地搖曳著。霎時間，我感覺到一種寒氣。一種聲音縈繞著我，儼然是父親的聲音，我覺得此刻裸露在雨中。那是一種渴望眞實的感覺。每晚都有這樣的感覺。就像某種強音來打動我的心弦。我記得在與父親相處的日子裡，在最冷、最黑的時光中，父親總是讓我有一種溫暖的感覺。而現在，父親卻成爲我記憶裡的光，一隻飛舞在黑暗和彤雲中的蛾子。有一些東西會突顯你內心的遺忘，你的恐懼（就像我的朋友項英雄會記憶缺失，即使今天他魂歸天國）。可是，我是蹲在記憶之中，無法忘記。像往常一樣，我會儘可能用抽煙、寫作來打發時光，當然還有和白紅的肉體遊戲來埋葬一切。我可以看清自己。我不需要婚姻之類的東西。藝術與寫作是永遠伴隨我的伴侶。至於女人，那可能是我生活的點綴，或者是一種伴奏。人或許需要殘酷對待自己，才能抵達自己的世界。就像項英雄終於死在他一直渴望痛快的血腥中。白紅呢？她能看清自己嗎？直至今天，我還不知道白紅的家庭出身、眞實名字之類的東西。我只知道她叫白紅。我儘可能不要苛責對方。如果她不主動講述她的父母、她的身世之類的東西，我是不會過問的。事實上她從來沒有提起過。就是這樣，我們挺合得來。

這一刻，我盯著白紅的身子，她的身子沐浴在暗紅的光中，她看上去就像一隻暗紅的瓷娃娃。這是赤裸，這是一幅肖像，在紅色的背景下，一種優雅、一種肉感、一種冷峻，她俊俏驚人的臉龐直逼你的眼睛。我突然有一種莫名其妙的激動：窗簾，瓷娃娃，搖晃的紅燈籠，兩面閃閃發光的大鏡子，睜得有點虛幻的眼睛，一絲絲穿過指間的風……我意識到，有一種東西把我們推進了扭歪的屋子，那是一種變形一樣的扭歪，在牆上，在暗紅色的光中，我們的身子彷彿成了迅疾移動的影子，甚至是成了一種旋轉物。當我再次鼓起眼睛盯著白紅，我看到她彷彿變成一把刀子，一星光亮劃破了我的眼睛，然後我看到，她離開我，消失在黑暗中……

60 我

現在我感覺到一種蒼老襲擊著我。我感到時光的匆匆，一種刀鋒的無情。在刀鋒下行走，我只是自己的奢刀。是的，時光的無情，讓我越來越不相信自己的身體與眼睛。現在我看到我滿目蒼涼。現在我空空的雙手試圖抓住一些東西。是它們：孤獨、冒險、放縱、浪漫、傷感、淚水、自由、困惑、夢想、自虐、快樂、愛情、死亡、飛翔……蒼涼的它們、混亂的它們、碎片的它們。此刻我看到它們在我的手裡一一地凋零。像曇花一現、像欲望的閃電、像瞬間的狂歡，我知道，它們只是我生命的過客，當然它們最終會在我的寫作裡迴光返照，熱淚滿眶。

寫作。多年來，我對寫作有一種近於迷狂的依戀和厭惡。這兩種情緒，唇齒相依。依戀是刀，厭惡是刀鞘。這兩種情緒，互相對峙。依戀是美麗，厭惡是醜陋。這兩種情緒，就像我與父親的〇三一號人皮面具一樣。你現在該明白我的精神狀態吧。一切；我的青春，我生命中最美麗的一部分；我的寫作……與父親的人皮面具緊緊地聯繫在一起了。我別無選擇，無處可逃。

或許，在大眾的經驗的鏡框裡，生活的眞實是一種實事求事的豔俗照片，是一種缺乏想像與求眞的形式。當我們向著另一種現實眺望，眞實是另一種虛擬的世界的存在，是我們靈魂的內核，是生命從世界深處浮起的咒語、憤怒、孤獨與欲望。或者說，眞實是一種難以理喻；眞實是你和我的獨立人格；眞實是工作邏輯、工作方式和工作態度……

我甚至想眞實的生活，就像父親的人皮面具，孤傲與虛假同行，美麗與醜陋同行，激情與羞恥同行——你無法逃遁的雙重精神之膚，你無法相信的眼裡的落花與流水，在你豐滿而饑餓的靈魂的陌路上仰天漂泊。

61 伍木

……是這樣的一個夜晚，一個海灘，一具具女屍在月光下行走，她們全身血淋淋，因爲她們身上的皮膚都被剝光了，她們的眼睛還在閃動。她們彷彿誕生在血光之中。當她們向我走近，我本能地向後退了一步，我的手上沾滿了血光，她們是踏海而來，海水烏黑，映照著一個個血光四射的女屍……我可以說，她們的眼睛依然流波流轉，她們的鼻子在翕動，她們是活著的女屍，我清晰地看到這一點，陰毛依然閃爍，短短的陰毛烏黑發亮，三角形，心形，V形，U形，誰把它們剃成這樣形狀……傾斜的天空、傾斜的沙灘、傾斜的我……沙灘上，一面面鏡子，無數的鏡子，映射著光與黑暗。鏡子，在做夢、在感受、在傾聽、在沉默……黑暗中，血的閃爍、隱約的穢語、罪孽的分娩，你有一種感覺，此刻你行走在鏡子裡；你的心呢，顫響在無邊的黑暗中？現在，女屍們把雙手劃向天空，她們的嘴巴張得大大的，她們一起發出尖叫，呻吟、喘息、嚎叫、殘叫……像幽靈、像惡魔，她們不再緘口不語……一隻野獸——讓我稱它爲野獸吧！你看，它揚起了閃著寒光的爪子。——一隻野獸走了過來，它看起來像狗又像貓——它居然貓頭狗身——它衝女屍們吠叫起來，那是一種類似烏鴉的叫聲。它像陰影一樣走了過來……此刻你彷彿陷入了一場噩夢……我凝視著她們，慢慢地，我的手伸向她們的臉、乳房……血淋淋的肉體，沾染了鮮血的手，暈眩的我，海浪的尖叫，我發覺自己已經赤裸全身，誰剝下我的衣服？被海風吹走了？血玷污了我的肉體，我赤裸的身體融入她們的血光之中。此刻，我的眼睛是空洞洞的。……一雙手，一雙血淋淋的手攫住了我的頸脖，我的嘴巴彈開了，像一個衣袋豁開的口。此刻，鏡子凝固了我的聲音……場景又切換了，我全身依然是血，我發覺我身上的皮膚被剝光了，我成了一具女屍，哦，那只貓頭狗身的野獸窺視著我，彷彿是它剝光了我的皮膚。血洗去我身上的污垢，此刻鏡子凝固了我整個人……整個空氣不再有污穢的光芒，空氣中傳來焦油的味道，女屍們燃燒起來……

他醒了過來，他的右手現在沾染紅色，那是血嗎？他猜疑……如果又一次醒了過來，陳森林不想向他的兒子講述這個夢。他曾經做過這樣的夢，不止一次。他驚詫於夢的完整，或者支離破碎……是的，這樣的夢刻在他的心頭，他無法忘卻。一九九九年七月五日。他陷在這裡：是這樣的一個夜晚，一個海灘……。

可以說，兒子是他唯一的知音，是唯一常常光顧他房子的人。這個下午，他想以陳森林的面目出去溜溜，一打開房門，就看見兒子遠遠地走來，兒子的步伐緩慢而堅定有力，儼然一種藝術氣息的行走。他想兒子也是一個藝術家，他夠資格。儘管他還沒有成名。他很難解釋自己為什麼給兒子起了一個奇特怪異的名字——陳B。陳B，也許全中國再也找不到同一個的名字。他突然感到兒子的名字有一種莫名的力量感。他想兒子眞的會成為一個驚世的藝術家。兒子說過：「我會成為一個一流的作家。」兒子對自己信心十足。兒子觀察、思索、選擇、嚴格地訓練寫作。他為有這樣的兒子驕傲。他感到唯一的遺憾是，他沒有給兒子富裕的生活，他有限的薪水都投在製作人皮面具上。他知道兒子理解他的投入。正如兒子總是說，清苦貧困讓我更加清醒而自覺，更加刻苦創作。是的，從兒子的身上，他看到了自己的生活影子。兒子又從父親的身上看到什麼呢？他猜想著。然後一絲微笑從他嘴邊滑過。

兒子走近了，他咧著有點暴的牙齒。一種美好而樂觀的笑容。兒子的臉——他的〇三一號人皮面具——陷在英俊的蒼白裡，一種沒有血色的蒼白，像縱慾過度的蒼白。這個永遠思考生命與哲理的兒子，他的意志完全屈服於他的雙手的力量，寫作的雙手呵。這時兒子說：「伍木，我的作品發表了，是在《××》上。」他拿過兒子遞過的雜誌，那是一本一九九九年第五期的《××》。

他們走進院子裡，坐在那株苦楝樹下的石凳上，準確地說，那兩張石凳其實是兩塊光滑平坦的大石頭，那兩塊大石頭還是他從火葬場的宿舍搬過來的，他還記得那時候歐陽婉特別喜歡坐在那石頭上看星星。他拿著那本雜誌，翻閱起來。兒子用了一個筆名：陳世迪。這是一篇叫《飛》的短篇小說。在小說裡，兒子虛構了一個純情而執著的父親，爲愛情而不顧一切，永遠的忠貞。他不由笑了笑。他知道兒子是理解他的影子。小說的結局是完美的——兒子和他心愛的女孩比翼齊飛，共締美好。

他仰望了一下蔚藍的天空，然後說：「你要記住，這並不是你最好的小說，文字有點純粹，但並不理想。」

兒子睜大了雙眼，說：「我知道它的不足，我會寫得更好。」

他望著兒子的自信，說：「你在小說裡說得沒錯，好的小說不是追求生活的表面眞實，而是展現一種內在的力與美，一種澎湃的想像力。我還欣賞你另一句話：『一個人做自己喜歡做的事情，即使馬革裹屍了，也是值得。』兒子，你讓我感到驕傲。好好幹吧！」

這時兒子拍了一下他的肩頭，說：「伍木，我不會讓你失望的。」

兒子又說：「伍木，你最近看見過歐陽婉嗎？」

他盯著兒子，說：「怎麼啦！她怎麼啦？」

兒子說：「看來你還挺關心她嘛。伍木，她有外遇啦！」

他禁不住露出一絲會心的笑容。他說：「是嗎？她本來就喜歡搞外遇。」

兒子說：「伍木，你還在怨恨她，這可不好嘍。」

他笑了一下，說：「兒子，你有女朋友嗎？」

兒子說：「奇怪，伍木，你怎麼跟歐陽婉一樣，都問同一個問題。」

他望著那些茉莉花，說：「你是我們的兒子，當然要關心你的終身大事。你還跟那個叫白紅的女子來往，她的味道怎麼樣？」

「伍木，你看不起我？」兒子撿起了一片已經枯萎的葉子，放在手掌間輕輕地搓著。

他笑了一下，說：「我只是想告訴你，別對女人太認真，最終受傷的是你自己，何況你跟白紅那樣的女子是沒有前途的，又何必……」

兒子突然說：「就像你跟歐陽婉，永遠的痛疼……其實你知道的，我跟白紅不過是玩白日夢，或者說，一種肉體的遊戲在踐踏我和她，沒有什麼稱得上永恆的前途，如果有，那也是一瞬間的感動、糾纏、溫柔在心裡行走，我不會要生要死的。你不是說白紅的皮膚完美無瑕嗎，她不是說愛上你的〇三三號面具嗎？」

他盯著兒子，他其實是想幫兒子從白紅的肉體中走出來，他不想兒子遭遇女人的傷害，但他想不到兒子精神的纜繩懸著一個肆無忌憚的瘋狂。

這時他說：「我只希望你不要把女人看得那麼重要，寧可你去傷害女人，也不要讓女人傷害你自己。」

兒子說：「伍木，白紅就是我的幻影，我需要你來幫我摧毀她。看來你還在怨恨歐陽婉，你逃不過她的影子，也許你和她還心有靈犀。」

他卻說：「我們是心有鴻溝。」

這時他看見兒子向他作了一個鬼臉。他禁不住想起歐陽婉那張富有韻味的臉，一種欲望幽幽地從他心裡升起。他知道今天是一九九九年七月十日，他知道自己已經再度進入了歐陽婉的世界，一種摧毀她的日子快要到來了。

63 我

我是多麼嫉妒父親那張〇三三號人皮面具。白紅曾經坦率地告訴我，她說無數次夢見那張帶著滄桑眼睛的英俊不凡的臉——我父親那張〇三三號人皮面具——那可能是一些她自己也不能控制的神秘與激情，或許她現在傾聽自己一點兒都不明白的東西：愛情、神秘而虛幻的愛情。咳，我眞的無法明白一個女人（準確地說，是一個娼妓）的感情與幻想。美妙的性與愛，誰又懂得娼妓剖心的感情？現在她居然從父親的人皮面具裡找到了愛意，這是令人驚駭的。當我告訴她，那個在流花賓館裡和她一起被公安捉住的俊男想見她時，白紅的眼睛裡釋放出一種美麗的火花，她整個人綻放在一種難以形容的喜悅中，那是我從來沒有見過的她的狀態——一張饑餓的嘴巴抓到了一個新鮮甜美的麵包。

對父親來說，他感興趣的是白紅的皮膚，而不是她的肉體、性或愛意。皮膚才是生命的象徵，他攜帶著最後一次撫摸那完美無瑕的皮膚的快感來到我的出租屋裡。

令我失望的是，他沒有戴上他的○三三號人皮面具。當然更失望的是白紅。那時她說：「他不是我想見的那個人。」父親外表很平靜，他彷彿認爲，敲擊一個娼妓的靈魂不過是鈔票的重量。或者，他想把我從白紅的肉體的光芒中提出來。父親審視著白紅，滿臉的皺紋用一種冷酷的語言塡滿了白紅俏麗完美的臉。白紅舒出了一口長長的期待，她用幽怨的眼睛望著我，她說：「爲什麼要騙我？」我不知道如何回答。彷彿身邊的空氣，來來往往的盡是窘逼的影子。

這時父親從褲兜裡拿出一疊鈔票，對她說：「我想妳會滿意吧。」白紅不屑一顧，卻盯著我，那種眼神像要燃燒我的無地自容。然後她垂下了眼瞼，發出了一種莫名的怪笑。一瞬間，她很快揚起那張如花似玉的臉，野性又在她的眼睛裡躥了起來。她開始脫衣服，是那麼放縱、那麼輕盈、那麼厚顏無恥。她野性的眼神在滿屋子飛。亮麗的肉體一覽無遺，白紅像童話中的焰火在我們的眼睛裡閃耀。我被什麼捉住了，我感到一種無形的痛疼在心裡翻起。

這是多麼可悲而可恥的場面。

父親儼然摒住氣息，他大刺刺地盯住白紅。我看到白紅的眼睛裡更多是嘲諷的寒光。白紅躺在我那張床上。她的眼睛盯著我。

我知道，一種悲劇已經開始宰殺我們。剎那間，我看到父親的臉霍地紅了。他說：「我只想撫摸她。」父親親近了她。他的兩隻手開始遊動起來。那兩隻手，就像兩尾上了岸的魚，再度躍進碧波中，一種專注而貪婪的呼吸，一種行雲流水的遊動。我看到父親的眼睛舒暢起來，他浸迷在一種忘形的幸福中。

白紅還盯著我。我看到某種東西破碎了。我靠在牆壁，沒有說話。後來，從褲兜裡掏出香煙時，我能感覺到雙手在顫抖。我叼著那根香煙，像叼著一種虛無。當我打響打火機時，我看到我的手顫抖得很。那團橘黃色的火焰一下子竄得老高，燙著我的大拇指。有風吹過，牆上那盞紅燈籠微微地搖晃著。

父親的手一遍遍地在白紅的身上來來往往。白紅依然瞪著眼睛，瞪著我，沒有呻吟、沒有熱情。她赤裸裸的玉軀橫著一種麻木。我無法形容自己的心情。我呆呆立著。我感覺到自己陷在內心的黑暗裡，一如你鞭打著自己的醜陋。我似乎聽到父親的手奏出了一首挽歌。空氣咧著喪家犬的嘴巴，搖擺在死亡的空間。時間像哭腫的眼睛，喪失了美感。我看到她的眼睛濕潤起來。有那麼一瞬間，一滴淚珠從她的眼眶裡滾了出來。她爲什麼流淚？這個一向無所顧忌的女人爲什麼會流淚？我知道，這晶瑩的眼淚是我和她最後的光亮，也竊走了我們之間的莫名情愫。我狠狠地吸了一口香煙，又狠狠地噴出了煙霧，一剎那，我感覺到煙霧似乎把一切都模糊了。

我狠狠地吸著香煙，像煙囪一樣噴吐著煙霧。我感到我的雙手汗浸浸的。而父親的手依然不停，我眞擔心他把白紅的皮膚揉裂了，當然他是溫柔而細膩的，如果說上帝的靈運行在水面上，那麼父親的靈就運行在白紅的皮膚上。白紅處於一種驚詫中。顯然她難以想像身邊這位滿臉皺紋的中年人的怪誕的撫摸。父親說：「妳的皮膚太完美了。」白紅說：「你眞奇怪。我可不能讓你一直摸下去。」她突然直勾勾地望著我，說：「我可有許多情人等著我去做愛。」這時父親霍地停了手。他堅定地說：「妳走吧！我們不想再見到妳。」白紅怔了一下，然後又笑了一下，於是她很快地穿上衣服。我看到白紅的眼睛裡閃出決絕的火花。白紅從我身邊走過時，她用尖尖的食指輕輕地刮了我一下，她說：「永別了，我的愛人。」

她的聲音裡裹著一種堅定而感傷的氣息。她的衣袂飄著遠去的悲意。呵，夢幻提花，光影交錯，瑟瑟哀歌，一種完美的隕落。就這樣，我目睹她的背影從我的眼睛裡消失了，就像一個綺夢不再出現在我的世界裡。呵，喪鐘爲我而鳴。我感到眼睛濕潤起來。我手裡那根香煙墜了下去。父親拍了拍我的肩頭，他說：「天下沒有不散的宴席，回到你的寫作中去吧！那才是你眞正的世界，你眞正的情人和夢想。」我長舒了一口氣。我說：「你爲什麼不穿上你的〇三三號人皮面具？」父親說：「讓一個娼妓永遠記住那不再出現的溫暖和愛意，那不是更好嗎？兒子，忘掉她吧！她只是你的幻影和過程，不是你的唯一。」我盯著父親，說：「那你呢，你能忘掉歐陽婉嗎，她不是你唯一的疼痛嗎？」那一刻我看到父親的臉陷在一種蒼白中。我聽到父親幽幽地說：「我只知道眞正的世界是由孤獨和遺忘組成的。」

這一天是一九九九年七月十六日。我永遠無法忘卻的一天。白紅從我的世界中消失了，我再也沒有看到似夢非夢的她。

64 我

這個下午，陽光火辣辣的。吃苦頭餐廳。林一坐在靠近櫥窗的位子，透過櫥窗他望著新華北路。這條商業大街總是讓他感到沉悶。他喜歡吃苦頭餐廳對面的向陽新街，一條狹窄的老巷，地上鋪著凸凹不平的青石，低矮的房屋，古舊的青磚，寫小說的陳B……

又一次，他想看到陳B的身影，他那張英俊而蒼白的臉。他記起那天和陳B一起去醫院看望那個女詩人，那時陳B的臉色似乎有些古怪，他似乎害怕醫院，害怕女詩人身上的異味。當然，今天早上九點女詩人病逝了。此刻，他回憶她的音容笑貌，他想起她身上散發的味道。無疑，她身上的味道讓他呼吸到一種詩意。讓他找到了寫詩的靈感。他記得那天從醫院回來，他寫了一首詩《在醫院》，其中幾句是：

從魚到夢，慾念浮動
我穿越水中的火焰
穿越光與影

我漂浮

在情慾的灰燼之上

……

他把女詩人看作是水中的火焰。事實上，他更喜歡她身上的異味。那天，他覺得那個下午他的鼻子享受了世界上最美的味道。他有些納悶，爲什麼世上的人普遍喜歡香水，卻不願意喜歡女詩人身上的異味。那是一種接近詩歌的味道啊，他這樣想。詩歌。異味。詩歌。異味。詩歌。異味……這時，他看見大街上走來了一個赤身裸體的男人，他披頭散髮，滿身污垢，顯然這是一個瘋子。這個瘋子旁若無人地走著。林一看見那瘋子那條生殖器黑乎乎的，有點大。有的女人碰上那瘋子，嚇得哇的大叫一聲，有的則嬉笑了一下。他突然有點羨慕那瘋子，覺得他能赤裸著走路，也許是一件快樂的事情。

他目送著瘋子在他的視線慢慢消失。然後，他按了按腰間的六四手槍。硬梆梆的手槍讓他感覺到此刻他身子有些僵。他吁了一口氣，望著桌子上那杯泡沫咖啡好一會兒，然後他掏出了錢包。他小心地從錢包拿出那片人皮，人皮已經乾枯得很，有些摺皺，上面的瘀血看上去像一幅油畫。他有些奇怪自己爲什麼要珍藏著這片人皮。如果我不是個警察，是那個兇手，我會怎麼樣？他爲這樣的念頭怔了一下。他突然覺得那個兇手有些幸福，一個人能殺那麼多人，算是一件幸福的事情吧！何況所殺的都是美麗的女人。他聽市公安局刑警科的人說，已經發現了五樁剝皮殺人事件，兇手顯然是同一個人，兇手所殺的都是美麗的女人。

事實上，他鄙視刑警科的傢伙，他覺得他們永遠不會破了這樁案件。他甚至有一種預感，能破這樁案件的人，只有他林一。林一覺得自己理解這個兇手。他甚至覺得他和自己是同一類人。他又按了按腰間的六四手槍，他似乎看到兇手現在就出現在這個吃苦頭餐廳。他想像他霍地拔出槍來，向兇手連開了三槍。不，應該只開了一槍，就結束了他的生命。哦！應該射中他的大腿，活捉他。當然，他一直想開槍射殺一個人。他想到自己分配到城北派出所，至今還沒有開過一槍，更談不上去殺一個人。那個兇手，他到底殺了多少個美女呢？殺人的感覺是怎麼樣呢？毀滅、嗜血或閹割？這一刻，他透過餐廳裡的落地鏡子，看到鏡子裡的他瞪著眼睛，他的手搭在那枝手槍上。他注意到此刻他的眼神很特別，那是一種渴望嗜血的眼神。

這時，他看見鏡子裡突然出現了一個英俊青年，他的眼神和自己的眼神幾乎一樣。這個英俊青年在櫥窗之外，他僅僅往餐廳看了一眼。兇手出現了！一種直覺告訴他，這個英俊青年可能就是兇手。他不知道自己爲什麼會這樣想。然而他相信直覺。他馬上站了起來，衝出了餐廳。

那個英俊青年看見他跑了開來，有些慌忙。林一感覺到興奮，他相信這個英俊青年就是兇手，他的腿撤得更快了。陽光白晃晃的，林一覺得身上的汗都快要蒸發掉了。那個英俊青年也拚命地跑著。跑到街頭的建設銀行時，林一看到老刀從另一頭向這邊跑了過來，老刀高舉著槍，衝他嚷著：

「林一，有人打劫銀行！」就在這時，林一看見一個瘦小的漢子拿著槍衝出了銀行門口。那傢伙看見他和老刀，瞪大了眼睛，就向人群胡亂地開著槍，試圖逃跑。林一很快地拔出了手槍，扣動了扳機，他聽到手槍砰地響了起來。同時，他看見那瘦小的漢子也向他抬起了手槍。噗。他聽到噗的響聲，然後他看見了血，血從他的額頭迸射出去，然後他看見了那個英俊青年在街頭那一邊站住了，瞪著他。

65 伍木

黃昏，又是黃昏。他們來到了女局長的別墅裡。面對別墅的豪華，珍珠舒展著她的身體，行走在屋子裡，準確地說，她一邊舞蹈著，一邊唱著〈甜蜜蜜〉。她開始輕歌曼舞……透過門與窗，伍木能看到她陰暗的輪廓，一種似是而非的奏樂。這讓他想到：欲望的面孔總是陰鬱的，欲望在徘徊。他猜想她在抗議他的沉默，纏繞在她小小的身體上，是她的裸露，是他們分裂的愛。

伍木此刻站在花園裡，看著周圍的豪華別墅群，他感覺到自己陷進了一個異國情調裡。他想起一個星期前被警察射死在銀行門口的瘦小漢子，他拿著一柄手槍，躺在血泊裡。他是來打劫銀行，但他拿著錢衝出銀行門口，就遇上了兩個警察。伍木還記得開槍的警察是林一，那天林一突然追趕著他，他想不到林一會追趕他，當然，他更想不到林一面對搶劫犯那麼兇猛，在對峙的剎那間，搶劫犯胡亂地開著槍，路人在抱頭鼠竄，林一只開了一槍就結束了那瘦漢的性命，然而林一也被搶劫犯的子彈射中頭部，整個腦袋幾乎被炸開了。那一刻，他看到林一頭頂騰起一團血霧，他的眼睛彷彿射了出去，很有力地瞪著他。後來，他聽說搶劫犯是一個下崗工人，爲了給兒子交大學學費而鋌而走險。那時他很爲這個搶劫犯感到不可思議，覺得他有些愚笨——在中國搶劫銀行的傢伙往往沒有好下場，爲什麼他不去打劫貪官污吏，比如來這個豪華別墅行搶，或許會更有保障。他突然厭惡起這個別墅。他覺得老百姓的血汗都流進了這裡……

可以肯定的是，越是思索，他越感覺到迷惘。有時候，迷惘戕伐了自己。一種青春的扼殺。然後是：憤世嫉俗。遺棄。背叛……在鏡中，〇三三號人皮面具，他的臉，彷彿停止了衰老，這轉瞬即逝的感覺，和夢一樣。——是誰虛構了誰？你彷彿在自言自語？世界在你的手中越來越混亂？活著無非就是一個活動，在這個活動中你將統一並摧毀一切？現在，他難免發窘，他聽到蜂擁而來的珍珠的聲音。一個咄咄逼人的〇三三號人皮面具：自己其實被拋棄在劫後的衰老中……

現在，珍珠在重複著歌詞：「我的眼淚是大海最後一顆鹽。我的眼淚是大海最後一顆鹽。我的眼淚是大海最後一顆鹽……」此刻，他站在院子的葡萄架下，他能看到她的屁股在背著他顫動，在引誘我嗎？凝視著她，他的歐陽婉，用目光燃燒著她，凝視著她，此刻她是我的暗影，是我的歌唱……他突然想到：你的身體是一個迷宮，我可以東奔西跑。我還可以用污黑的手掌污穢這一切。

是的，珍珠整張臉龐突然成了歐陽婉的臉。一剎那，歐陽婉的臉龐越來越清晰，它佔據了此刻的他。這時，陳森林感到一股熱烘烘的顫抖，他衝進了裡屋，一把抓住了珍珠。（準確地說，是歐陽婉，此刻他只看到歐陽婉。）他把她抱了起來，然後衝出了屋裡，把她摔在泥地上，然後撲了下去，她臉兒紅燙，掙扎在泥土上。準確地說，她用手掐著他的頸脖，嘴裡嚷著：「不要，不要……」，而他用身體壓迫著她，他能感覺到她的拚命掙扎，她用牙齒廝咬他，有那麼一刻，他的胳膊被她咬出了一個大洞，血從那裡湧了出來，他渾然不顧，似乎感覺不到疼痛。他能嗅到泥土散出來的幽香，似乎嗅不到鮮血的味道，他的身體、他的雙手都成爲了銳利的武器。

那時「歐陽婉」彷彿成爲一個溺水者，她在掙扎，有一刻她的手抓到了葡萄架的支柱，他聽到轟的響聲，整個葡萄架墜毀下來，覆蓋在他們的身上，她嚷了起來（他不知道她在嚷什麼，可以肯定的是，她用盡全身力氣嚷了起來），可惜她的聲音還是被他的「暴光」淹沒了（不妨用「暴光」這個詞來形容他，就是說那時他成爲一個暴徒，他的身體暴發出暴利的光芒）。直到後來，他終於進入了她的身體，就是說，他終於成爲了一個強暴者，他聽到「歐陽婉」在哭泣、呻吟，她的臉越來越扭曲……爲什麼妳如此快樂？「歐陽婉」，妳爲什麼如此快樂？他甚至嫉妒起「歐陽婉」了。他的手加快了動作，攥緊了她的喉嚨……這時，窗外被暮色完全侵蝕，護城河的水顯得更黑濁，那種惡臭刺鼻的味道彷彿舔蝕你的臉龐……他毫無憐惜地撞擊著，撞擊著……

血開始從「歐陽婉」的下身流了出來。準確地說，血以一種令人驚訝的形式湧了出來。血。不斷湧出的血。像急水湍流的血。世界一下子被血撕得四分五裂。

他驚慌地注意到她的臉陷在痛苦的嬗變中：她的臉越來越蒼白。她的眼淚還掛在臉上……

她已經不再是處女了，爲什麼會從那裡流出血呢？他恍惚地站了起來，感覺到身體有些搖搖欲墜。風吹拂著他裸露的下身，那堅硬而發脹的生殖器一下子就柔軟了。

他突然意識到大量的出血意味著什麼：死亡。

死亡開始纏著她？這種恐怖襲入他的內心，他突然害怕她會死去。

他很快俯了下來，雙手捉住她的肩膀，輕輕搖晃起來：「妳，妳怎麼啦？」

她直勾勾地注視著她的下身，血泊在那裡閃閃發光……她的身體開始抽搐起來。她的喘息越來越粗重。他感到心被揪住了。這時，他才看清楚，這是珍珠，不是歐陽婉。

世界在抽搐。空氣在緊縮……

一個血乎乎的東西從她那裡排了出來，這東西似乎是無形的，它泊在那灘鮮血中，有一種催人淚下的光芒。

然後他看到她整個人昏了過去，血繼續從她的下身湧出。他整個腦袋變得腫脹起來。他突然明白到，她懷孕了，那是他們的孩子。他們的孩子成爲了血。而他，是殺死孩子的元兇。一個親手殺死自己骨肉的劊子手。伍木，元兇，劊子手……

後來，他回憶起這個黃昏的情景，還記得雙手沾染了一個女人的鮮血，一個流產的胎兒的血。可是，爲什麼會感覺到幻念，他已經忘記了……一具屍體，一個流產的胎兒，一件破損的玩具……或許，因爲鮮血昭示著一種預感：一個事件，一種本能，在精神上和肉體上感覺到那個女人逼迫他，然後他拿起了「屠刀」，一剎那間，他拐騙了自己，進入了一個人的感官王國……在感官王國裡，沉睡的永遠是自己：香味消散了，一種暮氣侵蝕著他，他無法恢復廉恥心？

就這樣，他走在堅冷的空氣裡，從這邊走到那邊——這邊，那邊。那邊，這邊……他呆了下來，他聽不見風的聲音。世界死一般的寂靜。黏糊糊的血與血跡斑斑的臉，這是他的發明，這是他此刻握在手裡的夢魘，這是他擴展開來的空氣，他撫摸著那具猶存體溫的屍體。一個叫珍珠的女人，也許愛上了〇三三號人皮面具的女人，他突然露出了一絲笑容，在花園的一角，在牆上那面陳舊的鏡中，他看到了他有些枯萎的笑容，空洞的雙眼……然後他舒出了一口氣，他感覺到空氣裡瀰漫著一種潮濕的味道，他毀滅了她，感覺不到一絲的快感，他再也沒有快感地毀滅一個女人，他為他的發現笑了起來：一個假設成為現實，面對死亡他再也沒有快感，他複製了血腥，製造了死亡，如此而已。有那麼一剎那，他感覺到自己面對的不是一具死屍，而是他的麻木——他曾經想過：他的所有生活成為一種迷狂、視覺、聽覺、觸覺、嗅覺和味覺攪拌在一起，成為每天發現新的驚訝的開始……即使他感覺到，他越來越不能（或者從來沒有？）把握住他自己。

這是一九九九年七月二十四日的黃昏。伍木呆呆地站在女局長的別墅的花園裡，他看到那輪落日特別鮮紅，那樣圓，那樣大，像染滿了鮮血一樣，把他籠罩在一脈紅光中。他還看到那輪落日把他的影子拉得長長地抹到地上，抹到珍珠那泊在地上的血水中。他突然想到，暗夜就要來到了。我被怎麼樣的暗夜包圍？……他沒有想到，這一天K市似乎掀起了一場反貪風暴。市長、公安局長、電視台長等高官紛紛成爲階下囚。直到二天後，他從電視上看到市委書記在作反腐倡廉的報告。他知道女局長也上了黑名單。他從報上還看到這樣的新聞：女局長可能挾帶貪污鉅款出逃，在她的豪華別墅的花園裡挖掘出了一具女屍，據法醫判定，死者是死於三天前，入土前整個屍體被剝光了皮膚。整個城市的人紛紛談論這具怪誕的女屍，有的人甚至猜測這可能是女局長，她死於某個高官的謀殺中，死於官場的鬥爭中。那一刻，伍木知道自己以後不能再扮演女局長了。

66 我

那張關於母親的〇三六號人皮面具特別精緻完美。父親的愛傾注在那裡，父親的純眞在那裡閃閃發光。愛的光芒。是的，愛的光芒一直照耀著父親。這是父親的生涯中眞正的光源。在一座躁動不安的城市裡，在世紀末喧囂的浪潮裡，父親一如既往地追求他的獨特的愛。這種愛是死者的奢華，是存在的變形，是愛情的悼念。或者說，人皮面具，一種靈與性的光芒，昭示父親的愛與慾。猶如華麗詭黠的文字，一種徐徐展開的思想與深度。在那裡，他的快樂、憤怒與詛咒已連爲一體。

我想像著父親——他凝視著他的人皮面具，他的心血與魂靈。他彷彿看到了無數晃動的死魂靈，一具具死屍儼然站在他的眼前，復活了的魂靈。像黑色的舞蹈者，凝結著死亡的奢華——他從他們的身上剝下的皮膚，以另一種形式活著了，幸福的永存。在他看來，人皮面具是有生命的，一張精緻流暢的人皮面具就是一個生命的載體，是活著的藝術。藝術！藝術啊！以藝術的名義，解釋它的存在吧！——誰能解釋藝術不是他用全部的精神去苦苦追求的。多少美麗而寂寞的時光，多少心血、妄想與冒險，凝成了一張張美麗而神奇的人皮面具。他撫摸著它們的存在，他的眼神充滿了激動的淚花。沒有人知道世界會存在著這一種藝術，他是多麼孤獨啊！只有他的影子知道，就只有他唯一的兒子知道。是的，他的兒子理解他，理解他的欲望、追求與藝術。

是的，我凝視著它們。比眞實還眞實的人皮面具。它們獨特的造型，精緻的工藝，流暢的線條。它們是活著的精靈。它們的一切的昨日屬於父親。父親永遠的沉默是爲它們生存。梵谷的《向日葵》會嘩眾取寵地跳在人類的眼睛裡。它們卻沒有以炫耀的姿勢閃爍在世人的面前。只有默默無聞，它們只有永遠的默默無聞。

我還說過，愛情比寫作更隱密，更釋放。當然，愛情更意味著自欺欺人的韻味。所有的愛情在本質上意味著一場夢幻。正如我說過，歐陽婉僅僅是伍木的虛幻的存在。當然要我更加詳細地說出他們的情愛的細節，我覺得這會讓你成爲一個觀淫癖的人：一個觀淫癖的人是有特殊意義的，因爲他的生活隸屬於他人的生活，隸屬於想像的世界。當然你可以說：「任何一種閱讀都是一種偷窺。只不過聰明的讀者看到了事物的另一面，從表面看到了更加深、更加遠的東西。」

或者說，將父親的隱密公之於眾，也將我的隱密告訴大家，無非是想展現一個赤裸裸的眞實——世界將由眞實和幻想去統一。當然信不信由你。或許你會說，藝術家吐出的每一個東西都是藝術的眞實，透過藝術眞實的繁衍，藝術家學會了無盡的說謊。哎，現在我不想再去辯說與嘿嘿什麼。我感到遺憾的是，從一九九九年八月四日起父親就失蹤了，他再也沒有在我眼前出現過，也沒有跟我聯繫過。

67 伍木

一九九九年七月三十日下午。

現在他走近這個女人，歐陽婉。現在他走進她的家裡，她搬回了那個丈夫的家——富麗堂皇的家，流淌著寂寞與空虛的家，一如她的內心。——他很有預謀地贏得她的信任，或者說，他勾引了她。此刻，他戴著他的〇三三號人皮面具。當她在電話裡說：「你來我家吧！我丈夫不在。」那時候他感覺到一種狂喜。他的心禁不住地跳著，是的，他開始上路了。他感到自己像個瘋子，他的手掌甚至沁出了汗。她的家是住在七樓。一路上，他覺得自己踏上了摧毀之路。他感覺很荒唐。他感覺很瘋狂。但腦子裡有無數的聲音在召喚他。他無法冷靜下來，就像生命突然而來的惡魔佔據了一切。他沿著樓梯踏上摧毀之路。在五樓的樓梯一側，他看見兩個瘦削的青年正在用針筒往手臂上注射毒品，他猛地感到一陣戰慄。但兩個吸毒青年只是衝他笑了笑，彷彿他就是他們的朋友一樣，他們的笑散發著一種麻醉了的快意，就像生命的意義無非呈現在這一刻。通往七樓彷彿是他一生漫長的征途，每踏出一步，他彷彿就是往自身的怯懦踏上一腳。怯懦可能讓他沒有勇氣踏上這幢樓，踏上摧毀之路。

是的，十四年了，足足十四年了。他在顫抖。一種心靈的戰慄。十四年後，他又一次如此眞實地近距離地面對自己曾經深愛的女人，一個自己深長的傷口。

他們很快地就要進入男女之間的遊戲，肉體的遊戲。一開始，她把他引進她的臥室，然後她注視著他，那是一種充滿慾念的注視。一種心照不宣的色情與慾念，攫住了彼此。這一刻，臥室瀰漫著一股茉莉花的香氣，他抑制不住自己的激動，很快地摟住了她，就像在激情的風中抓住隨風起舞的落葉。擁抱，十四年來的第一次擁抱，他聽到自己的心怦怦地狂跳著，那一瞬，他彷彿看到他來到世界的盡頭，一種人世間最後的美墜落在他心坎上橫臥的無盡的孤獨裡。然後是擁吻。一種比閃電更爲迅速的語言，一種抵達內心的快意的戰慄，一種慾望之火在燃燒。他看見她仰著頭，閉上了雙眼，長長的睫毛在顫動，像乾渴的禾苗遇上了暢快淋漓的大雨一樣。彷彿誰也阻止不了她的唇，她的舌的行走，像夏日裡迎風綻開的玫瑰，像春天裡隨波暢遊的小蝌蚪。此刻他感到他的唇，他的舌被她洶湧的激情纏住了，一種箭離弓弦、曲飄琴弦的痛快。他一下子覺得自己回到了往昔的時光，十四年的距離並沒有熄滅他心靈深處的烈焰，一種深切的激動捉住了他，他像面臨初夜一樣激動不已。他感到腰間下那東西一下子硬起來，眼裡禁不住噴射出灼熱的喜悅，他猛地把她甩到那軟綿綿的大床上。她像一個大字躺著，眼裡釋放著一種熾熱的企盼。他像帝王一樣居高臨下地俯視著她，看著自己槍口下的獵物。彼此對視中，他的眼神儼然要將她融化，一種摧毀一切的燃燒。她長舒了一口氣，然後閉上了眼睛，像一個睡美人一樣等待他的狂野。接著他俯了下去，他把她壓在身下，他的手在顫抖中行動起來，她的裙子、她的乳罩、她的內褲像飛鳥一樣剝離了她的軀體。此刻她像一個娼妓一樣躺在他的身下。她赤裸裸的身子閃著白茫茫的光芒。一切的往昔儼然重現眼前，他的手開始遊動起來，慢慢地，像十四年時光的行走，從她的臉沿著她的脖頸，她的雙乳，她的腹部，她的……（女人依然緊閉著眼睛，享受著這熱烈而輕柔的漫遊）。她的肌膚依然完美，她的乳房依然堅挺，她的肉體依然飄香……每一寸的遊動都是一寸記憶，每一寸的遊動都是他無法抵制的激動、傷感、痛楚，這久違了的遊動，這陌生而熟悉的遊動，儼然一種交響樂起伏在滄桑的心海上，他感到他的雙眼紅潤起來。女人甜美地舒開了眼睛，她感覺到他的激動，她的雙眼散發出濃濃的溫存，於是她溫柔的手開始撫摸他那英俊而虛假的臉。他嚇了一跳，他怕她看出了破綻，於是他馬上捉住她的手吻了起來。這種溫存讓她興奮起來，是的，她主動起來，她要幫他脫衣服，她嘴裡發出一種模糊不清的囈語。這一瞬間，他覺得她陌生而恐怖起來，他突然聽到他內心有一個聲音在呼嘯：「臭婊子！」他推開了她的手，卻霍地拉開了自己的褲兜鏈——這一刻，那東西像泰山一樣閃著雄偉。世界也彷彿煥發一種雄糾糾的光芒。女人的眼睛越發熾熱起來。然而，這時，他的嘴角滑過一絲冷笑，然後，他整個人站了起來，往後倒退了幾步。女人驚詫地望著他，遠離溫床的他，她說：「你怎麼啦？」他嘻嘻地笑了起來，然後她聽到他殘酷的聲音：「妳太老了，妳就像一個老太婆，妳令我想作嘔！」然後他哈哈大笑起來。事實上他的內心被他此刻的瘋狂驚住了。但他還是哈哈大笑，彷彿笑聲能驅趕他的一切的一切的情緒。他曾經想踐踏她的肉體；他甚至想將她的皮膚剝下來，製成永遠的人皮面具。現在他卻想趕快離開她的肉體，她的一切。她的臉陷入一種難以形容的驚呆中，她的身子在他的笑聲中顫抖起來，好一陣子她才說：「你、你……」但他卻轉身走了出去，他不明白自己爲什麼這麼做。他突然感到一種報復的快感，但這種快感很快地像閃電一樣消滅了，他更多地感到一種悲戚，他的確悲戚起來。現在他明白原來自己一直都在愛著她，他的愛比他的怨恨更深。只有侮辱她、遠離她，才能保留那一份珍貴的愛！但他陡地明白，這種愛其實已經破碎了，永遠地破碎了。——事實上她根本就不值得他去愛，也根本配不上他的愛。他自己一直愛的不過是一個幻影。他哭了，有一種眼淚奪眶而出，所有的美都死了，所有的東西都死了，從踏出她的房子那一刻他就哭了。世界的血在哭泣，他的一顆心在奔喪。他像一個醉漢，步履踉蹌，喪失方向感。

68 結語

一九九九年七月三十一日下午。一個駭聞彷彿長了翅膀，在這個城市到處亂飛——七月三十日晚上，一個叫歐陽婉的女人在家裡用水果刀把她的丈夫捅死了，並把她丈夫帶回的二奶劃花了臉。——我無法相信高貴而美麗的歐陽婉會殺人。但我知道這是一個鐵一般的事實。一如背影隱沒在血腥中，悲劇掩著母親的足音遠去了。

當我一踏入父親的美麗創作室，首先撲入我眼裡的是，父親的臉陷在一種幻滅的光芒中。爐子裡的火搖曳著悲傷的熱情。死寂蔓延著。那兩面對映的鏡子儼然呈現世間的痛疼或者悲劇的再生。父親的手拿著一張人皮面具，那張拷貝母親的〇三六號的人皮面具。——他在燃燒他的人皮面具！他儼然瘋了。我趕忙一把從他手中奪過那張人皮面具，但它已被燒去了一大截。我還看見爐子裡燃著另一些人皮面具的殘片。空氣裡飄著一種異味。死亡的陰影罩著你的嗅覺。父親抬起他的臉，那張刻滿皺紋的臉，那雙空洞無神的眼睛，一個衰老而絕望的夢。他彷彿死了。這個儼然無形的虛幻形象在淡紅而灰暗的火焰中，像一個行屍立在我的面前。我嚇了一跳。

「你瘋了，你幹嘛要……」我禁不住嚷了起來。

父親笑了一下，乾枯的笑。

「爲什麼要保留它們呢？它們本來就沒有價値，它們本來就該死。讓它們毀滅吧！你不用可惜它們。」

父親的聲音裡裏著死亡的氣息，像一些遊魂在屋子裡行走。

「這可是你的心血，你的……是不是因爲歐陽婉？你知道她殺了人？」

「與她沒關。她殺人不殺人都與我無關。我只是覺得累了……它們也應該消失了。兒子，你不用爲它們可惜，眞的，它們不値得。」

「它們是藝術品，不是垃圾。是藝術，是藝術呀！你睜大眼睛看一看，它多優美。它不是你的夢嗎？你就這麼忍心毀滅它？」

我把手中那張人皮面具晃在父親的眼前。我像一個顚狂者嚷著。

「妄想與夢都已經死了……兒子，對不起，我一直以來都沒有給你一個溫暖的家。我讓你感受不到家的溫暖。我愧對你。」

「伍木，你亂說些什麼呀！你已經給了我很多啦！伍木，你別他媽的亂想。我眞的不在乎什麼的家。我們不是……」

「兒子，你還沒有成熟，你的心性也不健康，因爲你缺少母愛，也缺少眞正的父愛，我眞的愧對你。你太怪誕了，也太可憐了。」

父親閉上了眼睛，然後他背對著我，他的背影刺痛了我的心。

「伍木，你這是什麼話……我，難道我……好，你要毀滅它們，我就讓它們毀滅，我臉上這張面具也該毀滅了。」

我猛地剝開我臉上的〇三一號人皮面具。父親轉過身子，猛地抓住我的手。他說：「你不可以……」

「你不是說要毀滅它們嗎？伍木，就讓它們都死去！」

「那你的臉……」

「讓我用眞實的臉去面對這世界，不是更好嗎？！」

「兒子，你不要怪我。我眞的不想……我也不知道爲什麼，我只想逃避一切。我不想再面對自己……，你不要毀了這張面具。你需要它。」父親突然平靜下來。他說：「我會繼續創造面具，不過只想再創造最後一張。那就是你的臉的面具。因爲你需要它。我只想再盡一次父親的責任。」

我發出一聲深長的嘆息：「你好像死了，伍木！」

父親笑了笑，他說：「哀不過於心死。我也希望我能振作起來，重新擁有創作面具的熱情。我希望在創作最後這一張面具，還能維持我的創作熱情，使我繼續創作下去。」

「伍木，你是太嫌惡自己吧！你沒有必要這麼做。難道你眞的不能再在人皮面具的創造中找到自己的快樂與激情嗎？」

「我希望能……可是我感到自己沒有力量了，我只想毀滅它們，毀滅自己。我不再感到它們是美的，我不再愛它們了，也不再愛自己了……」

「我想你休息一段時間，你會好起來的。你只是一時跟自己過不去。伍木，你會沒事的。你要相信自己是……去你媽的東東，伍木，你也太差勁了，要生要死的，你眞叫我臉紅。」

我竭力使氣氛輕鬆起來。我看見父親的眼睛依然陷在一種麻木之中。我知道我刺激不了他。什麼東西都刺激不了他。他眞的無藥可救了。

這時父親拍了拍我的肩頭，然後慢慢地幫我戴好我的那張人皮面具，就像一個慈父臨終時送給兒子最後的溫暖。時光在這一刻走得緩慢而沉重。

「兒子，不管我發生什麼，你都要堅強面對世間的一切，答應我。」

「我答應你。但你也要答應我，不要再做傻事。」

「我沒有做傻事。我已經活夠了。而你不同，你還年輕，你還有抱負。兒子，你一定要幹出一番事業。你放心，我現在決定了，我還會創作最後一張面具，那就是你的臉的面具，這一定是我最完美的面具，也是我送給你最後的禮物。」

「伍木，我們好像生離死別的，你可別嚇我。」

「兒子，我只是明白了人生。我的心情，你是不明白的，因爲你還年輕。……你有時間去看一看你的母親，她畢竟是你的母親，她眞可憐……」

父親再一次轉過身子，他的背影閃著一種奇異的光芒。那一刻，我彷彿明白父親所做所爲、所言所思的意義。

我永遠無法忘掉父親這一天的背影，那個他嚼著他自己一生的背影。我也想不到這也許是我最後一次見到父親。